歩き巫女(みこ) 尾張の陰謀

八神淳一

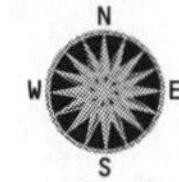

コスミック・時代文庫

この作品はコスミック文庫のために書下ろされました。

目次

第一章　千里眼

一

徳川第八代将軍、吉宗の時代。

玄庵は酒を飲んでいた。安酒だ。毎晩、酒を呷り、泥のように眠っていた。

どんどんと戸をたたく音がした。その音で目を覚ました。尿意を覚えたこともあった。

このような刻限に誰だ。いずれにしても、ろくな者ではないだろう。雨音がしていた。恐らく、雨に打たれた浮浪者が雨宿りをさせてくれと戸をたたいているのだろう。

戸を開きたくはないが、厠は寝所の外にある。

玄庵は深川の玄妙神社の神職である。神社は廃墟寸前で荒んでおり、下人などは置かず、ひとり住まいであった。

「あの、もし……」

と、戸の向こうから声がした。おなごの声であった。

おなごとなると、話は変わる。

玄庵は神職のくせして、おなごの声を聞いただけで股間を疼(うず)かせ、心張り棒をはずし、戸を開いた。

すると目の前に、三人のおなごが立っていた。ふたりが前に、ひとりがその背後に立っていた。

三人とも白衣(びゃくえ)に緋袴(ひばかま)をつけていた。長く伸ばした黒髪は背中に流し、根元を括(くく)っている。

「こ、これは……」

三人ともずぶ濡れであった。雨を吸った白衣は透けて、乳房の形が浮き出ていた。

「あの……夜分に申し訳ありませんが……庇(ひさし)をお借りしてよろしいでしょうか」

三人の中では年嵩(としかさ)のおなごが、そう聞いてきた。

「いや、中に入ってください」

と、玄庵は三人の巫女に寝所の中に入るように勧めた。もちろん男だったら、庇すら貸していない。

「いいえ、庇をお借りするだけで充分です」

と、年嵩の巫女が遠慮する。

「そのままだと、風邪を引きますよ。どうぞ、中に」

と、玄庵はしつこく勧めた。

「ご厚意に甘えましょう」

背後に立つ巫女がそう言った。三人の中ではいちばん若く、なにより美しかった。

「わかりました、千代様」

年嵩の巫女はそう言うと、ありがとうございます、と玄庵に頭を下げた。濡れた白衣がべったりと貼りついた胸もとが、ゆったりと揺れた。

「どうぞ」

と手招きする。年嵩の巫女、若い巫女、そして最後に、千代と呼ばれた巫女が入ってきた。

男臭い寝所の中が、一気に華やいだ。あっという間に、甘い匂いに包まれる。

思えば、この寝所におなごが入ったのは、いつ以来だろうか。昔は、この神社にも氏子がよく訪ねてきていた。それなりに、栄えていたのだ。いつから、氏子もよりつかなくなったのか。もう覚えていない。

「千代様、お脱ぎになったほうがよろしいと思います」

年嵩の巫女がそう言う。

「おねがいします」

と、千代が答えると、失礼します、と若い巫女が緋袴の腰紐に手をかけ、解いていく。

袴を取った。白衣の裾から、千代の足がのぞいた。

それはまさに、抜けるように白い肌であった。

玄庵はどきりとした。おなごの白い太腿を目にしたのはいつ以来だろうか。

若い巫女が白衣にも手をかけた。躰に貼りついた白衣を脱がせていく。

すると、いきなり乳房があらわれた。

それは見事なお椀形であった。しかも、京人形のように美形でありつつ、豊満であった。

玄庵は息を呑んでいた。

「手拭、ございますか」

と、若い巫女が聞いてきた。

「あっ、手拭な……すまない……」

つい、見惚れてしまっていた。玄庵は簞笥の引き出しを開けて、手拭を三枚取り出した。若い巫女に渡す。

「ありがとうございます」

と受け取ると、千代の乳房を拭きはじめる。

濡れたままでいると案じられたが、裸になっても寒くはなかった。むしろ狭い寝所に四人もいて、暑くなりはじめていた。

「おまえたちも、脱ぎなさい」

と、千代が言い、はい、と年嵩の巫女も袴を脱いだ。むちっと熟れた太腿があらわれた。

千代は腰巻一枚となっても高貴な匂いがしたが、年嵩の巫女の太腿からは淫猥なものを感じた。千代は生娘であろうが、年嵩の巫女はすでに男を知っていると思った。

巫女だからといっても、みな生娘とは限らない。恐らく、この三人は歩き巫女であろう。歩き巫女の中には、春をひさいでいる者もいると聞く。この三人がそうとは限らないが、もしかして、わしにもよいことがあるかもしれん、と思った。

年嵩の巫女が白衣を脱いだ。こちらも、たわわに実った乳房があらわれた。紡錘形（ぼうすいけい）の見事な乳だ。

千代とは違い、すでに乳首がとがっていた。千代の乳首はまだ芽吹いてはおらず、薄い桃色であったが、年嵩の乳首は真っ赤に充血していた。

見ていると、無性にしゃぶりつきたくなる。

若い巫女も袴を取った。こちらも、若さの詰まった見事な太腿であった。白衣を脱ぐと、千代に負けない美麗なお椀形の乳房があらわれた。

玄庵の前に、六つの乳房が並んでいる。みな、豊満であった。

「白衣や袴を乾かさないとな。そうだ。ここは手狭だから、拝殿の中で干すとよいな」

玄庵は腰巻だけとなった三人の巫女を拝殿へと案内した。

二

「このたびは、ありがとうございました」

と、千代があらためて礼を言った。

三人の巫女と玄庵は拝殿にいた。拝殿に行灯（あんどん）をふたつ持ちこみ、明るくしていた。暗いままでも構わない、と言われたが、玄庵が三人の乳房を見たかったのだ。

行灯を持ちこんだあとに、衣紋（えもん）かけを持ちこみ、そこに濡れた白衣や袴をかけた。

千代をはじめ、三人の巫女は、玄庵を前にしても乳房を隠すことはしなかった。

「どこの神社の方ですかな」

歩き巫女だとは思ったが、玄庵はそう聞いた。

「祈禱（きとう）や託宣（たくせん）を行いながら、諸国をめぐっている歩き巫女です」

と、千代が答えた。

「今日、江戸（えど）に入りました」

「そうですか」

「なかなか今宵、泊まる場所が決まらず、困っているところに、雨が降り出して、御神社の軒先をお借りしようと思って、訪いを入れたのです」

「千代様と言われましたが、もしや……」

「はい。望月千代と申します」

「なんとっ」

玄庵は目を見張った。

そもそも歩き巫女というのは、武田信玄が諸国の情報収集のために作りあげた、おなごだけの忍びの集団といわれている。

望月千代というのは、その頭で有名であった。

「私で五代目です」

「そうですか」

まさか望月千代の血を引く歩き巫女と会ったばかりか、乳房を目にできるとは。

「これは、佐和」

と、千代が年嵩の巫女を指さし、

「これは、真由」

と、若い巫女を指さし、名を教えた。

「私は玄妙神社の神職、玄庵と申します」

「玄庵様、ひとつおねがいがあります」

と、千代が言う。

「なんでしょうか」

「腰巻も取ってよろしいでしょうか」

「えっ……は、はい、もちろんです……腰巻も濡れていますか」

「いいえ。拝殿ではできるだけ、すべてをさらしていたいのです」

と、千代が言い、佐和と真由がうなずく。

千代が立ちあがった。すぐに真由がにじり寄り、腰巻に手をかける。

見てはいけない、と思い、玄庵は視線をそらしたが、それはほんの一瞬のことであった。すぐに、視線を千代に戻していた。

真由が腰巻を取った。

望月千代の恥部があらわれた。

「ああ……」

玄庵は思わずため息を洩らしていた。

千代の恥部には毛がなかった。おなごの割れ目がひとすじ息づいていた。

それはとても神秘的な縦すじであった。

千代の腰巻を取った真由が立ちあがった。こちらを向くと、自ら腰巻を取って見せる。

真由の恥部には毛があったが、少なかった。わずかな毛が恥丘に煙り、千代同様、ひとすじの割れ目は剝き出しだった。

真由の割れ目からは神秘的なものは感じなかった。ひたすら、男の情欲をかき立てる秘裂だった。

「佐和も脱ぎなさい」

千代に言われ、佐和も自らの手で腰巻を取っていく。

佐和の陰りは濃かった。千代と真由が薄かっただけに、その濃い陰りがとても卑猥に見えた。

千代が正座をした。踵に尻たぼが乗る。ぷりっと張った尻たぼは、なんとも美しい。その背後に、佐和と真由も正座する。佐和の双臀は熟れ熟れで、涎が出そうになる。

千代が手を合わせ、なにかつぶやいている。背後に座る佐和と真由も一心不乱に祈っている。

そんななか、玄妙神社の神職である玄庵だけが、卑猥な目で三人の巫女の裸体を見つめている。

玄庵は勃起させていた。痛いくらい硬くなっている。こんなに勃起させたのは、いつ以来だろうか。

神社もつぶれかけて、もう人生も終わりだと思っていたが、一気に若返った気がする。おなごというのは恐ろしいものだ、と思う。

着るものをすべて脱ぎ捨て、裸体をさらすだけで、男に生きる活力を与えてくれるのだ。

「今、ご神体より託宣がありました」

こちらを向き、千代がそう言った。

「ご託宣が……ご神体より……」

ご神体は拝殿の向こうにある本殿の中にある、大きな玉である。

玄妙神社の神職になって二十年あまりになるが、ご神体よりお告げをいただいたことなど一度もなかった。

「はい。神職にすべてをさらせ、と」

「すべてを……さらす……」

千代が立ちあがった。そして、玄庵に迫ってくる。

一歩足を運ぶごとに揺れるお椀形の乳房も素晴らしいが、どうしても神秘的な割れ目に視線を奪われる。

その割れ目が迫ってきた。

正座をしている玄庵の前で立ち止まると、自らの指を割れ目に添えた。

「な、なにをなさる……」

「ご神体のお告げです」

澄んだ声でそう言うと、千代が神秘の扉を自ら開いた。

「お、おうっ」

玄庵は思わずうなった。

「これは……」

割れ目の中には、桃色の花びらが息づいていた。

それはまったく穢れを知らぬ、清廉な花びらであった。このようなまったく濁りのない桃色の花びらを目にしたことはなかった。

そもそも、これが女陰だとは思えなかった。ここに魔羅を入れるなど、罰当たりに思えた。

玄庵は思わず、千代の花びらに向かって手を合わせていた。

「佐和、おまえの花びらをお見せしなさい」

割れ目から指を離し、千代が言う。神秘の扉はすぐに閉じていた。

佐和がやってきた。濃いめの陰りの中に指を入れる。そして、開いていった。

「ああ、なんと……」

漆黒の陰りの中から、真っ赤に燃えた花びらがあらわれた。

肉の襞がざわざわと蠢き、玄庵を誘っていた。千代の花びらとはまったく正反対であった。見ていると、なにかを入れたくなってくる。指でも魔羅でもなく、頭を突っこみたくなる。

この穴に突っこめば、そのまま躰ごと呑みこまれてしまうような気がした。

「舐めてください、玄庵様」

と、佐和が言った。

「よ、よろしいのか……」

「これは、ご神体の託宣なのです」

と、千代が言う。

「そ、それなら……舐めないといけませんな……」

なんともありがたい託宣である。ありがとうございます、ご神体様、と心の中で手を合わせ、玄庵は年嵩の巫女の燃えるような女陰に顔を寄せていく。

すると、むせんばかりの牝の匂いに包まれた。巫女であっても、このように牡を引き寄せる匂いを女陰から出すのだ。

玄庵は花びらに顔を押しつけた。鼻がぬちゃりと濡れる。

ぐぐっとこすりつけると、

「はあっ……」

と、佐和が甘い喘ぎを洩らした。

「あ、ああ……佐和の女陰を……ああ、お舐めください」

と、佐和が言う。玄庵は顔を引くと、舌を出し、爛れた肉の襞を舐めていく。

「はあっ、ああ……」

かなり敏感で、いきなり甘い声をあげる。大量の露が出てくる。それを、玄庵はぴちゃぴちゃと舐め取っていく。

年嵩の巫女の蜜は濃かった。舌にねっとりと蜜がからみついてくる。

「真由の花びらも舐めてください、玄庵様」

と、千代が言う。

佐和の花びらを舐めていると、その横に真由が立ち、剝き出しの割れ目を開いていく。

可憐な花びらがあらわれ、玄庵の目が釘づけとなる。佐和の女陰から舌を引き、真由の花びらと向かい合う。

千代ほどではなかったが、清廉な薫りのする花びらだ。千代とは違い、すでに露がにじんでいる。

「きれいだ」

「ありがとうございます」

「生娘なのか……いや、違うよな」

生娘の花ではなかった。

「旅の先々で、殿方のお相手をしています」

やはり、歩き巫女は娼婦でもあるのだ。が、望月千代は間違いなく生娘だ。男の舌が這ったこともないだろう。

そもそも千代の花びらを前にして、それを穢したいとは思わないだろう。むしろ、その清廉さにひざまずくと思った。

真由の花びらは桃色であったが、誘うように蠢いていた。清楚で可憐でありつつ、牝の花びらなのだ。

それはそれで、またそそる。

三人三様の花びらを持っている。

「真由の女陰、舐めてくださいませ、玄庵様」

真由に言われ、玄庵は顔を寄せていく。こちらも、顔面を花びらにこすりつけていく。

「あっ、ああ……」

真由も敏感な反応を見せる。

顔を引くと舌を出し、真由の花びらも舐めていく。こちらの露はさわやかな味がした。佐和のように濃くはないが、美味だ。

「ああ、佐和の露、たくさん出ています」

真由の隣で媚肉(びにく)をさらす。玄庵は真由の花びらから顔を引くなり、佐和の媚肉に舌を這わせていく。

「あっ、あんっ……」

顔面が発情した牝の匂いに包まれる。

「真由の花びらも、もっとお舐めください」

真由が誘ってくる。玄庵は佐和の女陰から顔を引き、すぐさま真由の花びらに舌を這わせていく。

「はあっんっ、やんっ……」

真由と佐和の甘い喘ぎ声が、神聖なはずの拝殿に流れている。

三

「玄庵様、たまっておられるのではないですか」

と、千代が聞いてきた。千代は生まれたままの姿をさらしたまま立っている。乳房も神秘的な割れ目も隠すことはない。

「ああ、まあ……そうであるな……」

「たまっているのはよくありません」

「そうであるな。ずいぶん、たまっておるな」

「それでは、尺八をお受けになりませんか」

と、千代が聞く。

「尺八……吹いてくれるのか」

玄庵の目が輝く。

「はい。佐和と真由が吹いてさしあげます」

と、千代が言う。玄庵は思わず、佐和と真由の唇を見てしまう。褌の下はずっと鋼の状態だ。

「では、吹いてもらおうか」

と言うと、立ってくださいませ、と佐和と真由が声をそろえて言う。

玄庵が立ちあがると、佐和が寝巻の帯を解いていく。脱がせると、すぐに真由が褌を剝ぎ取った。

弾けるように魔羅があらわれた。それには、玄庵自身が目を見張った。こんな元気な愚息を見たのはいつ以来か。

佐和と真由が並んで、玄庵の足下に正座をした。

「ああ、たくましい魔羅です」

ふたりして、反り返った魔羅を見あげている。その目に、玄庵の魔羅が反応する。先走りの汁がどろりと出てくる。

「あら、やはりたまっていらっしゃるわ」

と言うなり、佐和がぺろりと先端を舐めてきた。真由は裏すじに舌腹を押しつけてくる。

「ああっ……」

ふたりがかりの尺八を受けるのは、生まれてはじめてのことだ。そもそも拝殿で尺八を吹かれること自体、はじめてだ。

「ああ、舐めても舐めても出てきますね」

「咥(くわ)えてさしあげなさい」

と、千代が命じる。

はい、と佐和が唇を大きく開き、ぱくっと鎌首(かまくび)を咥えてきた。先端が巫女の唇に包まれる。

「ああ……」

あまりに気持ちよくて、玄庵は声をあげていた。

真由は顔を下げると、ふぐりに唇を寄せてきた。ふくろを口に含むと、舌先で玉をころがしてくる。そのころがしかたが絶妙であった。

「ううっ……」

玄庵は腰をくねらせていた。恥ずかしいが、どうしても動くのだ。

佐和が反り返った胴体まで唇を滑らせてきた。と同時に、真由が玉をころがしつつ、右手の人さし指で蟻の門渡りをくすぐってくる。たまらなかった。ふたりは尺八に慣れていた。恐らく、諸国をめぐりつつ、その土地土地で、こうして神職を骨抜きにしてきたのではないのか。そして神社を乗っ取り、そこで祈禱や託宣を行ってきたのではないのか。

となると、この神社もこの巫女たちに乗っ取られる……別によいではないか。廃墟寸前の神社なのだ。神社を歩き巫女から守るより、こうして女体と触れ合っているほうが、どれだけよいか。

佐和が根元まで咥えてきた。じゅるっと唾を塗しつつ、吸いあげてくる。と同時に、真由の人さし指が肛門まで伸びてきた。爪先でくすぐってくる。

「ううっ……」

玄庵はうめいた。はやくも果てそうになる。巫女の口を汚してはいかん、と我慢する。その間も、

「うんっ、うっんっ、うんっ」

と、悩ましい吐息を洩らしつつ、佐和が魔羅を吸ってくる。顔を上下に動かすたびに、たわわな乳房がゆったりと揺れる。

視線をそらすと、望月千代の高貴な裸体が、神秘的な割れ目が目に入ってくる。

佐和と真由の剝き出しの肌からは、なんとも言えぬおなごの匂いが立ち昇ってきている。

「出してください、玄庵様」

と、千代が言う。

「しかし……」

「たまっているものは出すのです。煩悩とともに、巫女の口にすべて出すのです。すっきりしてしまえば、邪なことも考えなくなります」

「そうかもしれないが……一度出したくらいでは……」

「二度、三度と出してください」

「しかし、ひと晩出しただけでは……」

「毎日、朝昼晩と出せばよいのです。そうすれば、くだらぬ煩悩から解放されるのです、玄庵様」

毎日、朝昼晩だとっ。

「さあ、解放されなさいっ、玄庵っ」

と、千代が言うと、佐和の唇の上下動がさらに激しくなった。

「あ、ああっ、出る……ああ、出るっ」

「出しなさいっ。くだらぬ煩悩を出すのですっ」

「はいっ」

と返事をすると、玄庵は佐和の喉に向かって、欲望の白濁をぶちまけていった。

「おう、おうっ」

玄庵の雄叫びが拝殿に響く。

「う、うう……うんっ……」

佐和は喉で精汁を受けつつも、さらに吸いつづけている。脈動しつづける魔羅を吸っているのだ。

「おう、おうっ」

玄庵は雄叫びをあげつづけ、精汁を出しつづけた。

四

玄庵は目を覚ました。

拝殿に寝ていた。裸のままだ。巫女たちの姿はなかった。白衣も緋袴もなくなっている。

玄庵は起きあがり、寝所に向かった。寝所にも巫女たちの姿はなかった。もしや、出ていったのか。いや、それはありえないだろう。この神社を乗っ取るために裸体を見せ、尺八まで吹いたはずだ。まさか雨宿りの礼だけで、あそこまではしないだろう。

昨晩は三発、巫女の口に放っていた。すべて佐和の口であった。佐和は一発受けるごとに、玄庵の精汁をうっとりとした顔で嚥下(えんか)してみせた。

その顔を見て、すぐに勃起させていた。

玄庵は褌を締め、狩衣(かりぎぬ)を着ると、外に出た。

すると、三人の巫女たちが鳥居の外に立っていた。箒(ほうき)で掃(は)いている。

「おはようございます」

と、往来を歩く住人たちに挨拶(あいさつ)している。

それぞれの仕事先に向かっている職人たちが、みな挨拶されると足を止めている。

「これから、お仕事ですか」

と、若い大工に真由が声をかける。

「へ、へい……そ、そうです……」

「お暇のあるときに、ご神体を拝んでくださいね」

と、真由が言う。

「ご、ご……」

「ご神体です」

真由がさわやかな笑顔を向ける。

「へ、へい……仕事が終わったら、拝ませてもらいます」

「待っていますね」

と言いつつ、真由が大工の手をそっと握った。

若い大工は雷に打たれたかのように躰を震わせ、

「巫女様」

と言う。

「真由です」

と、真由が名を告げる。

「ま、真由さん……仕事が終わったら、必ず拝みに来やすから」

そう言うと、大工は小走りに仕事に向かった。

そのそばでも、佐和が野菜の棒手振り（ぼてふ）りに声をかけている。真由同様、待っています、と言って手を握っている。

千代はその背後で箒で掃いているだけで、声はかけない。が、千代を見た通りすがりの男たちはみな、はっとした顔になり、しばし千代に見惚れた。

仕事に向かう町人たちの姿がなくなると、千代たちは拝殿に戻ってきた。

「おはようございます、玄庵様」

と、千代が挨拶する。

「お、おはよう、ございます」

玄庵は千代に挨拶されただけで、躰を震わせる。それくらい、神秘的な美にあふれていた。

「おねがいがあるのですけれど」

「なんでしょう」

「しばらく、玄妙神社に置いていただけないでしょうか」

やはり、そう来たか、と思った。

「もちろん、構いません。いつまでもお好きなだけいてください」

「ありがとうございます」

千代は礼を言うと佐和に、たまっているものを出してさしあげなさい、と言った。

佐和はうなずくと、妖艶な目を玄庵に向けてくる。また口で抜いてもらえるのだと思うと、一気に勃起させていた。

佐和が玄庵の手を取り、寝所へと向かっていく。寝所の中には入らず、裏手にまわると、玄庵の背を壁に押しつけ、唇を重ねてきた。

ぬらりと舌が入ってくる。

「う、ううっ」

まさか、口吸いまでしてくれるとは。

玄庵の躰は一気に熱くなった。尺八も久しぶりだったが、おなごと舌をからめたのは、もういつ以来かわからない。

やはり、おなごの舌はよい。なにより甘い。舌がとろけそうだ。

舌をからめつつ、佐和が袴を解き、前をはだけてくる。そして、その場にしゃがむと、褌を脱がせた。

佐和の鼻先で、魔羅が弾ける。

佐和はすぐさま魔羅を咥えてきた。根元まで咥え、吸ってくる。

「うんっ、うっんっ、うんっ」

佐和の美貌が上下する。はやくも出しそうになる。

出る、と思ったとき、境内のほうから、

「娘がっ、娘が神隠しにっ」

という、おなごの悲鳴のような声が聞こえてきた。

それを聞きながら、玄庵は佐和の喉に向かって射精していた。

「玄庵様っ」

と、おなごの声がする。近所の氏子のおなごのようだ。

射精の余韻に浸っていたかったが、行かないと、と佐和の口から魔羅を抜き、急いで褌を締めると袴をつけ、境内へ向かった。

おなごは近くの蠟燭問屋の後妻であった。蠟燭問屋の三崎屋は、大きくなる前から玄妙神社の氏子である。貧乏人ばかりの氏子の中では、いちばんの分限者であった。いわば、いちばん大事なお得意様である。

拝殿の前に後妻はいたが、千代となにやら話していた。

「菜摘さん、どうなされましたかな。神隠しとは穏やかではないですな」

と話しかけたが、後妻は千代をじっと見つめたままで、こちらを見ない。ふたりは手を握り合っている。

「菜摘さんっ」

大きな声で声をかけると、菜摘が我に返ったような顔になり、こちらを見た。

「玄庵様っ、娘が、神隠しにあったのですっ」

「それは」

「でも、大丈夫です」

「えっ……」

「千代様が娘を見つけてくださるそうなのです」

と言うと、すぐさま千代に目を向けた。

「見つける……」

「私には千里眼があるのです」

「千里眼……」

「はい。菜摘さんの躰を通して、娘さんが見ているものが見えるのです」

娘の弥生（やよい）は六つである。後妻の菜摘が産んだ子で、くるりとした瞳が愛らしい。

「菜摘さん、拝殿へ」

千代が手を繋（つな）いだまま、そう言う。菜摘はうなずき、導かれるまま拝殿へと入っていく。玄庵も真由と佐和とともに入った。

「では、裸になってください」

と、千代が言う。

「えっ……」

菜摘が困惑の表情を浮かべる。その前で、千代の袴を真由が脱がせていく。白衣も取ると、いきなり裸体があらわれる。お椀形の乳房はもちろん、割れ目もあらわれる。

千代の裸体を目にしたとたん、

「申し訳ありませんっ」

と、声をあげ、菜摘があわてて小袖の帯に手をかける。

玄庵は目を見張った。菜摘はこの界隈では、美形で有名だ。深川小町と異名を取っていた。そんな美形を、三崎屋が後妻に取ったのだ。

その深川小町が玄庵の目の前で、自分から脱いでいる。小袖の帯を解き、脱いでいった。肌襦袢姿となる。

千代はすでに全裸となって、菜摘が脱ぐのを待っている。

「お待たせして、申し訳ありませんっ」

と謝りながら、玄庵がいるにもかかわらず、菜摘が肌襦袢も脱いでいく。

たわわな乳房があらわれた。

玄庵は目を見張った。小袖の上から想像していたより、はるかに豊満であった。

菜摘はさらに腰巻も取った。

「おうっ」

菜摘の股間を目にした玄庵はうなった。陰りが薄く、割れ目が剝き出しだったのだ。

割れ目は人の妻らしく、千代とは違い、卑猥な匂いがした。わずかだが、ほころんでいて、中の粘膜がのぞいていた。

「ああ、このような躰を千代様にお見せして、恥ずかしいです」

菜摘は右腕で乳房を抱き、左手の手のひらで恥部を隠す。

玄庵の視線は気にすることなく、千代の目を気にしていた。

「隠してはなりません」

と、千代が言う。菜摘は乳房と恥部から両手を離した。

「こちらに」

と、千代が手招きする。菜摘が千代に寄っていく。

「その乳と割れ目を、私の乳と割れ目に合わせるのです」

と、千代が言う。

「合わせる……」

「はい。唇も合わせます。唇、乳、割れ目を通じて、娘さんが今、見ているものを目にすることができます」

そのようことが、できるわけがない。

「わかりました。おねがいします、千代様」

菜摘のほうは、千代の神秘的な迫力に圧倒されてしまっている。恐らく、千代と目が合った刹那（せつな）より、千代を信じきった気がした。

菜摘のほうから、千代の裸体に躰を寄せていく。まずは乳首と乳首が触れ合った。菜摘の乳首は人の妻らしくとがっていたが、千代の乳首はわずかに芽吹いているだけだ。

「あっ……」

と、菜摘のほうが声をあげた。

そのまま乳房を千代の乳房に押しつけていく。美麗なお椀形が、人の妻のやわらかそうな乳房に押しつぶされていく。

菜摘は感じているようだが、千代の表情はまったく変わらない。

「割れ目を」

と、千代が言う。菜摘が剥き出しの恥部を、千代の割れ目に合わせていく。ふたりの割れ目が触れ合った。

「ああっ……」

またも、菜摘が声をあげる。おさねどうしも触れ合い、菜摘が感じているのだろう。

千代が両手を伸ばし、菜摘の背中にまわした。そして、千代からぐっと抱きしめていった。

ふたつの乳房が押しつぶし合い、脇からはみ出る。

千代が菜摘の唇に、高貴な唇を重ねていった。

「うっ……」

菜摘の裸体が硬直する。

玄庵は惚けたような顔で、千代と菜摘の合わさった裸体を見つめている。

千代の裸体はどこまでも清廉で穢れがない。その一方、人の妻として六年も旦那の寵愛を受けている菜摘の裸体からは、おなごの色香がにじみ出ている。

しばらく、ふたりは裸体を合わせていた。

千代が唇を引いた。

「見えました」

と言う。

「見えたのですかっ。弥生、どこにいるのですかっ」

「納屋のようなところです」

「な、納屋……このあたりの納屋はすべて探しましたっ」

「見下ろしてみます」

と、千代が言い、澄んだ瞳で宙を見つめる。

「神田川（かんだがわ）沿いの納屋です」

「神田川……どうして、弥生がそんなところに……人さらいにあったのでしょうか」

「わかりません。とにかく、神田川沿いの納屋にいます」

「わかりましたっ、すぐに探しますっ」

そう言うと、菜摘は生まれたままの姿で拝殿から出ようとした。

「待ちなさいっ」

と、千代が止めた。小袖を忘れているのかと思ったが、違っていた。

「橋がそばに見えます」

「なんという橋ですかっ」

と、菜摘が千代のそばに戻ってくる。たわわな乳房が大きく弾んでいる。

「名を見てみましょう。今、寄っています」

千代は変わらず、宙を見つめている。

「昌平橋と書いてあります。そのような名の橋はありますか」

「ありますっ、ありますっ」

菜摘は泣いていた。そして裸のまま、拝殿を飛び出していった。

五

弥生は昌平橋近くの納屋にいた。小名木川沿いまでひとりで歩き、船着場につけられていた猪牙船の荷の中に、好奇心で紛れこんだら、そのまま神田川まで連れていかれたらしい。

昌平橋そばの船着場で降りたときは、もう夕方で、それから泣きながらあたりを歩き、納屋で寝たらしい。

かどわかしの類(たぐい)にあったわけではないようだ。いずれにしても、千里眼なくして娘を見つけるのは不可能だった。

当然のこと、三崎屋の主人である惣兵衛(そうべえ)はたいそう喜んだ。

もちろん、疑う者もいた。あらかじめ弥生をさらって、昌平橋そばの納屋に運び、それを千代が当てたのではないか、と。

が、弥生はすべてひとりでやったことだと言っているらしい。六歳の子供がうそはつかないだろう。

千代の千里眼は、一気に評判となった。玄妙神社に参拝する町人たちは増えて、個人的に千代から託宣を受ける大店(おおだな)の主人たちもあらわれた。

個人的な託宣は、日が暮れてから拝殿で行われた。

この夜は、材木問屋の玉木屋(たまきや)が託宣を受けに来た。

拝殿の入口で迎えた、巫女の佐和がこちらへと中に案内する。

拝殿の四方に、行灯が置かれていた。

本殿に置かれていたご神体の玉は拝殿に移動された。大きな玉が鎮座している。

ご神体の玉の前に座布団が敷かれていたが、誰も座っていなかった。が、その横には、真由と玄庵が座っていた。

玉木屋の主人である源右衛門が懐から袱紗を取り出し、

「ご神体に」

と、玄庵に渡した。ずっしりとした袱紗に、にやけそうになるが、神妙な顔のまま、ご神体の前に置いた。

「では、望月千代様がお姿をお見せになります。額を、床に」

と、真由が言い、自ら正座姿のまま、額を板間に押しつける。玄庵もそうすると、源右衛門もあわてて板間に額をつける。

人が近寄る気配がする。

と同時に、源右衛門の鼻孔を甘い薫りがくすぐってきた。

正面に女人が座る気配がした。すぐにも望月千代の美貌を拝みたかったが、なにも言われず、額を板間に押しつけつづける。

「お顔をお上げください」

と、真由が言った。

源右衛門は心の臓をばくばくさせつつ、顔を上げた。

正面に巫女が座っていた。

ひと目で、この巫女が噂の望月千代だとわかった。

想像を凌駕する、高貴な美貌であった。清廉で穢れを知らない巫女だという噂は本当だった。噂以上だ。

「望月千代です」

と、巫女が名乗った。

「源右衛門様、どのようなことを聞きたいのでしょうか」

と、千代が問うてきた。

「これから、材木を多く仕入れたほうがよいのか、どうなのか……」

このところ、雨が多かった。雨が多いと、火事は少なくなり、普請の数が減り、材木の値が下がっていた。

「なるほど、私が視てさしあげましょう」

千代がそう言うと、真由がご神体に捧げられた初穂料を手にして、その場で小判をばらまいた。

三十両寄進していた。三十枚の小判が、千代と源右衛門の間に散らばった。

千代の千里眼は、肉体の接触によって叶うと聞いていた。

十両で乳房に顔を埋めることができ、二十両で女陰に顔を埋めることができると聞いていた。

源右衛門はさらに上をゆく接触を望み、三十両を寄進したのだ。

三十枚の小判が、きらきら光りながら、板間を舞った。

千代が立ちあがった。すると真由が緋袴に手をかけ、引き剝いだ。

源右衛門の前に、千代のふくらはぎがあらわれた。

それは抜けるように白く、とてもやわらかそうだ。

さらに真由が白衣の帯を解き、一気に脱がせた。

いきなり源右衛門の前に、千代の裸体があらわれた。

「こ、これは……」

噂では聞いていたが、真に全裸をさらすとは。

しかも、なんとも美しい裸体なのだ。

「源右衛門様、顔をこれに」

と言って、千代が剝き出しの恥部を指さした。

「そ、そこに……手前のようなあぶらぎった顔を……よろしいのでしょうか」

もちろんそれを期待して三十両も出したのだが、いざ千代の割れ目を目の前にすると、そのあまりに神秘的で高貴な佇まいに、顔を押しつけてもよいものかとためらいが出てしまう。

「構いません。源右衛門様の息吹をじかに受けないと、源右衛門様の未来はなにも見えません」

源右衛門は千代を見あげる。なんと澄んだ目をしているのだろうか。

「わかりました。失礼して」

源右衛門は千代の恥部に顔を寄せていく。当然のことながら、千代の割れ目はぴっちりと閉じていた。今まで一度も開いたことさえないように見える。

甘い薫りが濃くなった。さきほどから嗅いでいた巫女の匂いは、この割れ目の奥からにじみ出ているものなのか。

「押しつけてください」

「は、はい……」

声が震えている。吉原の花魁相手でも、こんなに緊張することはなかった。

源右衛門は神秘の扉に顔を押しつけていった。鼻が触れた。それだけで、なにかが躰を流れた気がした。きっと気のせいだ。いや、違う。

「もっと押しつけてください」

千代に言われ、源右衛門はぐりぐりと顔面を恥部にこすりつける。額がおさね

を押した。すると、

「はあっ……」

と、千代がかすれた吐息を洩らした。

まさか、感じたのか。

「源右衛門様の未来が見えません」

そうなのか。千里眼ではなかったのか。見えないこともあるのか。では、三十両はどうなる。これで終わりか。

「顔を引いてください」

千代に言われ、源右衛門は顔を引く。

「もっと、奥で源右衛門様を感じたいです」

意味深なことを言うなり、千代がほっそりとした指を、神秘の割れ目に向けてきた。源右衛門のまさに目の前で、扉を開いていく。

「な、なんと……」

源右衛門の前に、千代の花びらがあらわれた。それは清廉で可憐な花びらであった。薄い桃色をしていて、まったく穢れを知らない。

生娘であることは間違いないが、ここに魔羅を入れるなんて、そのようなことがゆるされるのだろうか。

「源右衛門様を、女陰でじかに感じたいのです。本来なら、源右衛門様の魔羅を入れていただくのがよいのでしょうが」

「いいえ、そんな恐れ多い……」

「万が一、すぐに精汁を出してしまわれたら、私の女陰は穢れてしまいます。穢れたとき、千里眼が消えてしまうかもしれません」

「千代様の女陰を穢すなど、ありえません」

源右衛門はぶるぶると顔を振った。

「顔を押しつけてください。こたびは、じかに源右衛門様を感じることができます」

「顔を、この女陰に……じかに……よろしいのでしょうか」

「はい。おねがいします」

望月千代に、女陰に顔面をこすりつけてくれ、とおねがいされている。

源右衛門は深呼吸すると、剝き出しの花びらにあぶらぎった顔を押しつけていった。

「ああ……」

千代が甘い吐息を洩らした。

顔面で女陰をじかに感じた刹那、源右衛門は射精させていた。

勃起はしていたが、魔羅に触れることなく、射精させていた。

「おう、おうっ」

と、雄叫びをあげつつ、源右衛門はぐりぐりと花びらに顔面をこすりつけながら、射精を続けた。

最低の姿をさらしていたが、千代は腰を引くことなく花びらを委ねつづけた。

「見えました」

と、千代が言った。

見えただとっ。本当なのかっ。

「赤いものが見えます。炎です」

炎だとっ。火事かっ。火事が起こるのかっ。

顔を上げて問いたかったが、千代の女陰から顔を離すことなどできなかった。

一生このままでよいとさえ思った。

「燃えています」

どうにか、女陰から顔を引き離した。

「火事でしょうか。火事が起こるのでしょうか」

「わかりません」

と、千代は言う。

「しかし今、燃えていると」

「はい。燃えています。私は見えたものをお話ししているだけです」

「そ、そうですか……」

はっきりと言わないのは、こういうものの常套手段だろう。

が、源右衛門は千代の千里眼を信じることにした。

佐和が盥を持ってきた。中には水があった。

「これは清めの水です。かけてあげてください」

と、真由が言う。

「かける……女陰にですか」

千代はまだ、自らの指で割れ目を開いたままでいた。

源右衛門の前に、まだ無垢な花びらが息づいていた。ここに、さっきまで顔を押しつけていたことが信じられない。大量に射精していたが、すでに勃起していた。

どうぞ、と言われ、源右衛門は盥の水を掬うと、千代の花びらにかけていった。

「あっ……」

千代が甘い声をあげた。無垢な花びらが、清めの水を受けて蠢いた。

「ああ、なんと……」

源右衛門は無性に花びらに顔を押しつけたくなった。水で清めたばかりの花びらに、再び顔面を押しつけていった。

「ああっ……」

千代は腰を引かなかった。源右衛門の顔面を女陰で受け止めてくれた。

「うう、ううっ」

源右衛門はうなりながら、押しつけつづけた。押しつけながら、はやくも二発目を褌の中に射精させていた。

それからひと月日照りが続き、江戸のあちこちで火事が起こった。大きな火事にはならなかったが、源右衛門の材木問屋はあらたな普請で潤った。

望月千代の千里眼は、ますます評判となった。

第二章　雨乞い

一

高畠辰之伸は深川の玄妙神社の参道の入口に立っていた。

「ここが噂の神社か」

辰之伸は寺社奉行の大検使である。

大検使というのは、寺社内で起きた犯罪の探索や興業を監督する役目を担っている。

辰之伸の主君は寺社奉行立浪政紀である。寺社奉行の命で、このところ江戸市中で噂になっている玄妙神社を探ることとなった。

玄妙神社は、玄庵という神職だけの、廃墟寸前の神社であったが、歩き巫女が居着いてからというもの、望月千代なる巫女の千里眼によって、一気に参拝者を増やしていた。

今は鳥居へと向かう参道の両側に、参拝者を当てにした露店がずらりと並んでいた。この露店も寺社奉行の管轄となる。届けは出されていた。

「しかし、すごいな」

浅草寺の門前並に混んでいる。

その中を進み、辰之伸は鳥居から境内へと入った。

拝殿の出入口の前に、参拝者が並んでいる。最後尾に、若い巫女がいた。

「こちらに、お並びくださいませ」

と、若い巫女が声をかけてくる。とても美しい顔立ちをしている。この巫女は、真由であろう。

辰之伸は大検使と名乗ることなく、最後尾に並んだ。まずは、どういった様子なのか見てみたい。大検使と名乗れば、相手は態度を変えるだろう。それでは、ふだんの姿を見ることはできない。

列は長く、半刻（一時間）ほど待たされて、拝殿に入った。

中に入ると、空気が変わった。

年嵩の巫女が立っていた。この巫女は、佐和であろう。

「千代様にお会いになりますか」

と聞いてくる。

「会いたいな」

ほとんどの参拝者が千代と会っているから、かなり待たされたことに気づく。ご神体を拝むだけなら、さほどときは取らないからだ。が、千代と会うとなると、そうはいかない。

「では、ご神体に初穂料をおねがいします」

と、佐和がそう言う。

「いかほどで、会えるのかな」

「それは、あなた様のお気持ち次第です」

「しかし、相場というものがあるのではないか。できれば、じっくりと話を聞いてもらいたいのだ」

「お気持ち次第です」

佐和は穏やかな微笑みを絶やさない。真由もそうであった。

押し問答していてもらちがあかないと、辰之伸は大きな玉のご神体の前に座すと、懐から袱紗を取り出し、置こうとした。

すると、神職の玄庵が姿を見せた。

「これは、高畠様。失礼しました。望月千代にお会いになりたいということですね。このようなものはいただけません」

と、玄庵が袱紗を辰之伸に返す。辰之伸は袱紗を懐に戻した。

「こちらに」

と、玄庵がご神体の背後へと向かった。従うと、戸があり、それを玄庵が開いた。

中に入った。四畳半ほどの狭い部屋であった。正面に台があり、左右に行灯が置かれ、明るかった。

台の前の座布団に座って待つと、奥の戸が開き、白衣の巫女が出てきた。

ひと目で、これが望月千代だとわかった。

なるほど。これは美しい。

千代は辰之伸の真正面に正座をした。

息がかかるほど近かった。

すでに、辰之伸は千代に圧倒されていた。この巫女に真に千里眼があるのか、それとも偽りなのか、見極めるために来ていたが、先手を打たれていた。

辰之伸はまだおなご知らずであった。

同輩たちは岡場所でおなごを知っていたが、辰之伸はそういう悪所には足を向けていなかった。

「望月千代と申します」

千代が小さな唇を動かすたびに、甘い息がかかる。息に、なにかが仕込まれているかのように、辰之伸はうっとりとしてしまう。

「寺社奉行、大検使の高畠辰之伸である」

「辰之伸様、ようこそいらっしゃいました」

いきなり名で呼ばれ、辰之伸は戸惑ったが、心地よかった。なにせ、相手は高貴な美貌(びぼう)の巫女なのだ。

そばで見ると、瞳がとても澄んでいるのがわかる。このような目をしたおなごが悪さを企(たくら)んでいるとは思えない。

「疑っていらっしゃるのでしょう」

千代がいきなり、そう聞いてきた。

「い、いや……そのようなことではないのだ。大検使として……様子を見に来ただけである」

「そうなのですか。私は辰之伸様のすべてがわかります」

そう言うと、千代が辰之伸の手を取り、両手で握ってきた。

「うっ……」

辰之伸は狼狽えた。なにせ、おなご知らずなのだ。おなごにはまったく免疫がなかった。上役からは、おなごを知らないと、おなごに呑まれてしまうぞ、と言われていたが、自分に限ってそのようなことはないと思っていた。

が、はやくも美貌を寄せて、手を握られただけで、心の臓を高鳴らせている。冷静な判断ができなくなっている。

「なにが、わかるのだ」

声が上擦っている。

千代は澄んだ黒目で、じっと見つめている。

そして、握っていた辰之伸の手を胸もとに導いた。

「な、なにを……」

するのだ、と言う前に、白衣の胸もとに手のひらを押しつけられていた。

「こ、これは……」

いきなり、やわらかな感触を覚えた。白衣は薄く、乳房の感触がわかった。

「辰之伸様はおなご知らずでいらっしゃいますね」

と、千代が言い当てた。

「な、なにを言う……わしは、おなごなど、とうに知っておるぞ」

明らかに動揺していた。千代にはわかるだろう。

なにゆえ、おなご知らずとわかった。やはり、千里眼なのか。いや、違う。手を握り、乳房に導いたときの辰之伸の反応でそう判断しただけだ。

なにごとにもからくりがあるのだ。騙されてはならぬ。

「いいえ。辰之伸様はとても真面目で気高い御方なのです。愛するおなごとしかまぐわわないと決めていらっしゃるのでしょう」

白衣越しの乳房に辰之伸の手を押しつけたまま、千代がそう言う。

当たっていた。千代の言うとおりであった。好いたおなごとしかまぐわいたくなかった。

「りっぱでございます。千代は辰之伸様を尊敬します」

そう言うと、美貌を寄せて、辰之伸の頬に頬を当ててきた。

「あっ……」

なんともすべすべした感覚に、辰之伸は震える。辰之伸はおなごの肌を知らぬ。

だから、おなごはみな、すべすべなのかもしれぬ。千代が特別ではないのかもしれぬ。が、やはりこれは、特別すべすべなのだろう、と推察できる。

「じかに、触ってみたいのではないですか」

「な、なにを言っている……わしは大検使なのだ……巫女の乳など……触っては……罰が当たる……」

「罰など当たりませんわ、辰之伸様」

千代が白衣の合わせ目に手をやった。そして、両腕をもろ出しにしていった。

二

肩から二の腕、そして乳房にかけて、あらわになった。

「な、なんと……」

望月千代の乳房を目にして、辰之伸はうなった。

はじめて見るおなごの乳であった。それは見事なお椀形をしていた。乳首は淡い桃色で、わずかに芽吹いていた。

上半身を剥き出しにさせた千代の姿は、艶っぽいというより、とにかく美しかった。

　こうして見ているのも、恐れ多い気がした。

「さあ、じかに触ってください、辰之伸様」

「い、いや、すぐに乳を隠すのだ」

「どうしてですか」

「わしは大検使だ。そのような接待は受けぬ」

「私の乳に触りたいと思っていらっしゃるでしょう、辰之伸様」

「そのようなこと、思ってなどおらぬ。男はみな、乳を揉(も)ませれば懐柔(かいじゅう)できるなどと思うでないぞ」

　辰之伸は立ちあがろうとした。ここは退散するのがいちばんだと思った。が、足が動かなかった。目の前の乳房から目を離せなかった。

　おなごの乳というのは、なんと魅力的な形をしているのか。なんという曲線なのだ。恐らく、千代の乳房は乳の中でも極上の形をしているのだろう。

　しかも上半身裸になったことにより、なんとも言えぬ甘い薫(かお)りが漂いはじめていた。これは、千代の肌からにじみ出ているものではないのか。

「乳などでわしを懐柔できぬぞっ」

辰之伸は自分自身に向かって、そう言い聞かせていた。

「大検使様を懐柔など、そんな恐れ多いことは思っていません」

と言いつつ、また千代が手を伸ばし、辰之伸の手を取ってきた。剝き出しにさせた乳房へと導いてくる。

「懐柔などされぬぞっ」

と言いつつも、辰之伸は千代の手を振りほどけない。

導かれるまま、乳房に到達した。

「どうぞ」

と言われ、手のひらを乳房に押しつけられた。

さきほどとは違い、じかだ。

「こ、これは……」

「つかんでくださいませ」

千代の言葉がすうっと辰之伸の頭に入ってきて、言われるままに手が動いてしまう。

右手の五本の指を、千代の乳房に食いこませていく。

やわらかい。ただやわらかいだけではない。やわらかいのに、弾力がある。ぐっと揉むと、押し返してくる。でも、やわらかい。

この世のどんなものとも例えられない揉み心地であった。

「いかがですか、辰之伸様」

「懐柔されぬぞ……わしは大検使なのだ……寺社を管轄するお役目を……殿様からいただいているのだ……このような乳で……判断が変わるとか、ありえぬぞ」

そう言いながら、辰之伸は千代の乳房を揉みしだきつづける。

乳というのは、揉めば揉むほど心地よい。いくら揉んでも飽きることがない。

感触もそうであったが、見た目でも、おのが手で形を変えるふくらみを見飽きることがない。

「こちらも、いかがですか」

と、左の乳房もつかむように、千代が導いてくる。

辰之伸はそのまま、左の乳房も揉んでいく。

「はあっ……」

と、千代が甘い吐息を洩らした。

感じているのか。わしの乳揉みで、望月千代が感じているのかっ。

乳を揉んでいると、佐和が入ってきた。

佐和が姿を見せても、辰之伸は千代の乳房より手を引くことができなくなっていた。

「失礼いたします」

と言って、佐和が辰之伸の着物の帯に手をかけてきた。

「な、なにをする……」

と言っている間に、着物の前をはだけられ、下帯もあっさりと脱がされた。早業であった。

勃起させた魔羅があらわれた。恥ずかしながら、先端が汁で白く汚れていた。

「失礼いたします」

と言うなり、佐和が先端に舌を這わせてきた。

あっ、と思ったときには、白い汁を舐められていた。そのまま先端をねっとりと舐めてくる。

「ならんっ、そのようなこと、してはならんぞっ」

ならん、と言いつつも、辰之伸は千代の乳房から手を引くことなく、魔羅の先端を佐和に委ねつづけている。

佐和が唇を開き、ぱくっと鎌首を咥えてきた。

「ううっ」

先端を吸われ、辰之伸はうめいた。もちろん尺八を吹かれるのは、生まれてはじめてのことであった。

佐和の口に包まれた先端が、とろけていく。

尺八というものが、これほど心地よいものだとは思ってもみなかった。乳という尺八といい、おなごというものはなんて素晴らしいものなのか。

岡場所にはまる同輩たちの気持ちがわかった。

佐和は、反り返った胴体まで咥えてきた。

「あうっ、そのようなことをしても……ううっ、わしは懐柔されぬぞっ」

そんなことを口にしている間に、辰之伸の魔羅は佐和の口の中にすべて入った。入ったまま、強く吸われる。

「ううっ」

辰之伸はうめき、下半身をくねらせる。

「うんっ、うっんっ」

佐和が顔を上下させてきた。

「あ、ああっ」

千代の乳房を揉みつつ、佐和の尺八を受けて、おなご知らずの辰之伸はひとたまりもなかった。

おうっ、と吠えるなり、はやくも暴発させていた。どくどくと凄まじい勢いで精汁が噴き出した。佐和の喉をたたく。

「うっ、うう……うう……」

佐和は一瞬、顔をしかめたが、すぐにうっとりとした顔になり、口を引くことなく、喉で受けつづける。

たっぷりと出すと、辰之伸は我に返った。

「こ、これは……」

大変なことをしてしまった。

「気持ちよかったですか、辰之伸様」

千代が聞いてくる。

「わしは、なんてことを……」

「なにも案ずることはありません。これを見ていらっしゃったのは、そこにあるご神体だけです。ご神体は、決して大検使様を咎めたりはなさいません」

千代がまたも頬を、辰之伸の頬にこすりつけてきた。

辰之伸は佐和に魔羅を吸われつつ、恍惚（こうこつ）の表情を浮かべていた。

三

日暮れどき、辰之伸は馴染（なじ）みの飯屋の暖簾（のれん）をくぐった。

「いらっしゃいませっ」

と、いつもの明るい声がかかる。

まだ、店の中は空（す）いていた。これから、混みはじめるところだ。

「高畠様、お勤め、ご苦労様です」

小春（こはる）が笑顔を向けてくる。

「う、うむ……」

いつもなら、小春の笑顔に一日の疲れが一気になくなるのだが、今日は視線をそらしてしまう。

大検使としての勤めの中とはいえ、千代の乳房をつかみ、佐和の尺八を受けて、白い礫（つぶて）を放ってしまった。

辰之伸は小春を好いていた。毎日、勤め帰りに、小春の笑顔を見るのがなによりの楽しみであった。

おなご知らずでいるのも、小春を好いていることが大きかった。

今日、千代の乳房を揉み、佐和の尺八を受けたことで、なにか小春を裏切っているような気になっている。だから、小春の笑顔を正面から見られなかった。

「お勧め、大変でしたか」

小春が愛らしい顔を寄せて、案じるように聞いてくる。

「なぜだ……」

「だって……いつもの高畠様ではないから……」

と言って、どこか寂しそうな表情を浮かべた。

まさか、尺八されました、口に出しました、と顔に出ているのではないのか。

辰之伸は思わず、頬を撫(な)でる。

ちょっとした変化に気づいてくれるなんて……そんなにわしのことを気にかけてくれているのか……いや、自惚(うぬぼ)れすぎだ。わしはこの店の常連だ。常連のことは気にかかるだろう。それだけだ。

「酒と刺身を」

と言う。あい、と小春は愛らしく返事をして、白い歯を見せた。

奥へと向かう。つい、小春のうしろ姿を見てしまう。

小袖に包まれた尻が張っている。

注文を通した小春があらたな客を笑顔で迎える。つい、胸もとに目がいく。こちらも張っている。

乳は大きいのか。これまで、小春をそんな目で見たことはなかった。笑顔だけに惹かれていたが、乳も尻も豊かなのか。

千代の乳房が脳裏に浮かぶ。お椀形の美麗な乳房であった。

小春の乳はどうなのか。どんな形をしているのか。

小春の乳房が迫ってくる。

「はい。お酒とお刺身です」

と言って、台の上に置く。

「高畠様、高畠様っ」

声をかけられ、小春の胸もとをじっと見ていたことに気づく。

いかんっ、わしはどうかしてしまっている。

「高畠様、お酌を」

「ああ、そうであるな……」

一杯目は小春が酌をしてくれるのだ。これがなによりの楽しみであった。

あわててお猪口を持つ。小春が徳利を持ち、傾けてくる。そのとき、甘い薫りが辰之伸の鼻孔をかすめた。

小春の匂いだ。千代とはまた違った清廉な匂いがした。

辰之伸は勃起させていた。これまで小春の匂いを嗅いだだけで、勃起させることなどなかった。それなのに、馴染みの飯屋で勃起させていた。

「すまぬ……」

と、思わず辰之伸は詫びる。小春は一杯目を注いだ礼だと思ったようで、そんなお礼など、と言った。


翌日——辰之伸は寺社奉行である立浪政紀に呼び出された。

「して、玄妙神社はどうであったか」

「はい。鳥居の前の参道に市ができていて、たいそうにぎわっていました。それに、拝殿の前には、巫女望月千代に会うために、長い列ができておりました。私も半刻並んで、拝殿に入りました」

「して、望月千代はどうであった」

立浪が眼光鋭く、辰之伸に聞いてきた。

千代と問われ、またも、お椀形の乳房が脳裏に浮かんだ。

「どうした、高畠」

「いえ、望月千代はとても魅力的な巫女で、民が夢中になるのもわかりました」

「して、千里眼のほうはどうじゃ」

「わかりません……」

立浪がにらみつけてくる。なにもかも見透かされているようで、生きた心地がしない。千代の乳房を揉み、佐和から尺八を受けたことを知られたら、お役御免となってしまうだろう。

「望月千代は戦国の世に武田信玄が作りあげたおなごだけの忍びの頭だ」

「はい」

「今の望月千代は五代目を名乗っていると聞く」

「そのようです」

「あの歩き巫女には、尾張の宗春の息がかかっているという話が耳に入ってきたのだ」

「尾張の……宗春……」

徳川宗春。尾張徳川家の藩主である。

宗春はなにかと吉宗の政に異議を唱えていた。

享保の改革を推進する吉宗の命のもと、質素倹約の政が行われていた。祭りや芝居などは縮小、または廃止されて、江戸の庶民の娯楽は次々となくなっていた。

宗春はその改革に異を唱えるだけではなく、尾張では享保の改革に反する政を行っていた。祭りや芝居を縮小するどころか、むしろ奨励していた。

吉宗と宗春では考えかたがまったく正反対で、しかも宗春はそれを隠そうとしていなかった。

「望月千代を江戸に乗りこませ、享楽的な考えかたを江戸の民にひろげようとしているのでは、と考えられるのだ」

辰之伸はうなずく。

「実際、すでに二十あまりの大店が望月千代に傾倒している。玄妙神社だけではなく、門前に市を復活させた寺社も増えている。これを見過ごすわけにはいかない」

「そうですね」

「かといって、上様のご意向のもと、市を取り締まるのも角が立つだろう。取り締まることによって、むしろ民の反発を受けるかもしれぬ」

「そうかもしれません」

門前市に集う庶民はみな、楽しそうだった。享保の改革がはじまり、江戸の空気はすっかり落ちこんでしまっていた。そこに、望月千代があらわれたのだ。

「望月千代こそが、享楽の動きの象徴だ。望月千代の千里眼がまがいものであることを明らかにするのだ、高畠」

はっ、と辰之伸は平伏した。

四

数日後——辰之伸は玄妙神社の鳥居の前にいた。

今宵は、望月千代が雨乞いの儀式を行う運びとなっていた。

ここ半月ばかり雨が降らず、日照り続きで農民は困っていた。風がちょっと吹けば土埃が舞いあがり、庶民も難儀していた。

農民が千代に陳情し、千代が雨を降らすと約束したのだ。

その話はすぐに近隣にひろがり、千代の雨乞いを見ようと、大勢の参拝者が姿を見せていた。参道にはずらりと露店が並び、にぎわっている。

人混みをかき分け、辰之伸は境内に入った。

すでに境内には櫓が作られていた。その左右には、篝火も燃えている。

櫓の前には大勢の民が集まっている。そんななか、望月千代が姿を見せた。うしろの階段から上がり、櫓に登場すると、

「おうっ」

と、歓声があがり、そのあと、ほとんどの者が、千代に向かって手を合わせた。

千代は想像以上に、庶民の心の中に入りこんでいることを思い知らされる。

ここで雨乞いの儀式が成功すれば、ますます千代に帰依することになるだろう。

いずれにしても、雨など降らない。いや、もう半月以上降っていないのだ。そろそろ降ってもいい頃だ。そんな頃合を見計らって、雨乞いをやることにしたのではないのか。

いずれにしても、まがいものであることを見破らなければならない。

千代の左右に、真由と佐和が立つ。三人とも白衣に緋袴姿だ。

「天の神におねがいします」

と言って、千代が両腕を天に向かって上げていく。

白衣の袖が下がり、白い腕があらわになる。

それだけで、集まった民がざわつく。

千代の左右に立つ、真由と佐和も両手を挙げていく。六本の白い腕があらわになる。

神聖な巫女の姿をしているだけに、腕があらわになるだけで民の気持ちが昂(たかぶ)る。

辰之伸自身もそうであった。

千代が両足を前後に動かしはじめた。すると、緋袴の前が大胆に割れたのだ。

「おうっ」

と、民がうなった。

抜けるように白い足が、太腿(ふともも)のつけ根近くまであらわになり、そして消え、またあらわになった。

左右に立つ真由と佐和の白い足も、のぞきはじめていた。

千代たち巫女はすでに、集まった民たちを魅了していた。

「みなさんも両手を挙げて、天の神におねがいしてください」

と、千代が言うと、集まった民たちがみな、両手を挙げていく。

辰之伸だけが苦虫をかみつぶしたよう顔でなにもせずに、櫓を見あげている。

「高畠様、なにを難しい顔をなさっているのですか」

と、横から小春の声がした。はっとして右手を見ると、小春が両手を挙げていた。袖が下がり、白い腕があらわになっている。

ふだん目にすることがない小春の肌に、辰之伸はどきりとした。

「高畠様も雨乞いにいらっしゃったのでしょう」

と言いながら、挙げた両手を振っている。

「そ、そうであるな」

確かに、ひとりだけ難しい顔をしていては、変に思われる。

「千代様の足、とてもきれいですね」

「そ、そうであるかな……」

辰之伸も両手を挙げた。そして、櫓に上がっている三人の巫女たちに合わせて、両腕を振る。

いつの間にか境内に一体感が生まれている。雨乞いの儀式というより、盆踊りのようになっている。が、みな楽しそうだ。笑顔だ。

小春も白い歯を見せて踊っている。

「高畠様、もっと楽しそうに」

と、小春が言ってくる。思えば、飯屋以外で小春と会うのははじめてであった。

このままだと、辰之伸はなんともつまらない男と思われてしまう。

辰之伸も無理やり笑顔を作って、両足を前後に動かす。

「そうですよ、高畠様」

踊りながら、辰之伸は気づいた。江戸の民は娯楽に飢えているのだ。享保の改革が進んでからというもの、こうして、みなが集って踊ることはなくなっていた。

雨乞いという理由をつけて、みな踊りを楽しんでいるのだ。

それほど民の鬱憤(うっぷん)は深刻なのだと思った。

上様はわかっていらっしゃるのだろうか。

みなの雨乞いが最高潮になった頃、辰之伸の頬に雨粒が落ちてきた。

「あっ、雨です、高畠様っ」

小春の頬にも雨粒が落ちたようだ。あちこちで、雨粒に気づきはじめた。

「雨だっ、雨が降ってきたぞっ」

真に、千代の祈りが天に通じたのか。

いや、それはありえぬ。これは偶然である。

しかし、この場で雨乞いをした民たちは、そう思っていない。

「千代様のおかげだっ。千代様が天の神を動かしたぞっ」

「そうだっ。千代様の願いが天に通じたぞっ」

千代様、千代様っ、とみなが名を呼びつつ、千代を称える。

その間にも、雨粒の量が増えてきていた。

小春も、千代様っ、千代様っ、と叫んでいる。

「私だけの力ではありません。みなさんの思いが天に通じたのですっ。もっと、天の神様におねがいしましょうっ」

そう言うと、千代はさらに激しく両足を前後させる。左右に立つ真由と佐和も足を動かす。

六本の白い足が、太腿のつけ根まで、ずっとまる出しとなる。

さらに雨脚が強くなってきた。

「雨だっ、雨が降ってきたっ」

本格的な降りかたになると、日照りでいちばん困っていた農民たちが歓喜の声をあげる。

「千代様っ、ありがとうございますっ」

と、農民たちは千代に向かって手を合わせている。

ここに集まった民すべてが、千代に感謝している。

「千代様、すごいですね」

と、小春が言う。小春の顔が雨で濡れている。ほつれ毛が数本頰に貼りつき、色香をにじませていた。

雨に濡れた小春は、なんとも色っぽかった。ふだん飯屋で見る小春とは違った顔を目にして、辰之伸の胸は騒いだ。

「ああ、千代様の乳が見えるぞ」

と、あちこちから、そんな昂った声があがりはじめた。

あらためて櫓の上の千代を見て、はっとなった。

雨に打たれ、白衣が透けていた。透けた白衣越しに、千代の形よく張った乳房が透けて見えているのだ。

しかも雨脚が強くなるにつれて、水を吸った白衣がべったりと貼りつき、お椀の形が露骨に浮きあがりはじめた。

「乳だっ、千代様の乳だっ」

ただでさえ雨が降って昂っているところに、千代の乳房を目にして、男たちはかなり興奮している。

千代だけでなく、真由の乳房も佐和の乳房も白衣越しに透けて見えている。

千代たちはそんなことには構わず、しなやかな両腕を天にさしあげたまま、雨乞いを続けている。

さらに雨脚が強くなり、巫女たちはずぶ濡れとなる。もちろん民もずぶ濡れだ。辰之伸も小春もずぶ濡れだ。が、誰も濡れることをいやがってはいない。みな、喜んでいた。笑顔でずぶ濡れとなっていた。

「みなさんの思いが天に通じたのです。雨を降らせてくださった、天の神にお礼をしましょう」

そう言うなり、千代が白衣の帯を解きはじめた。

なにをするんだっ、と驚くなか、千代が白衣を脱ぎ捨てたのだ。

お椀形の見事な乳房があらわれ、民の前でぷるるんっと弾んだ。

「おうっ」

どよめきが起こった。すぐに、歓喜のうなり声になる。

「乳だっ、千代様の乳だっ」

千代だけでなく、真由と佐和も白衣を脱ぎ捨てていく。

「おうっ、乳だっ、乳だっ。ああ、巫女様の乳だっ」

男たちは息を荒らげ、弾みまくる六つの乳房を見つめる。

辰之伸も同じように見つめていた。雨に濡れた乳房は美しく、妖しかった。それが、ぷるんぷるん弾んでいるのだ。

「みなさんも、天の神に感謝するのですっ」

千代に言われ、乳房に見惚れていた男たちも、

「ありがとうございますっ」

と、両手を天に挙げて、お礼を言いはじめる。

小春もずぶ濡れのまま両手を挙げて、礼を言っている。

小春は目を閉じて、礼を言っていた。雨に濡れたうっとりとした顔は、たまらなく美しかった。

辰之伸は無性に口吸いをしたくなった。あの唇をものにしたい。

それは恐ろしいまでの衝動であった。

気がついたときには、小春のあごを摘まみ、おのが口を小春の唇に重ねていた。

小春はそれを、うっとりとした表情のまま受けいれた。

どれくらい唇を重ねていたのか。恐らく、ほんの一瞬だっただろう。が、その一瞬の間だけ、まわりの音が消えて、小春の唇の感触だけを感じていた。

小春が瞳を開いた。辰之仲と唇を合わせていることに気づいたのか、はっとした顔になった。

が、唇は引かなかった。

そのまま、唇を委ねている。まわりの音は消えたままだ。民の中にいたが、ふたりだけでいるような錯覚の中にいた。きっと、小春もそうなのではないか。

辰之仲はそのまま、小春の唇におのが口を重ねつづけた。すると、小春が両手を伸ばし、辰之仲の腕を着物越しにつかんできた。

わずかに唇が開いた。辰之仲は舌を入れていった。

すると、小春が唇を開いた。ぬらりと入れていく。小春のほうから舌をからめてきた。

これまでのお互いの思いをぶつけ合うように、舌をからめ合った。

急にまわりの音が聞こえてきた。

「雨だっ、雨だっ」

「乳だっ、乳だっ」

異常な熱気に包まれていた。みな、高揚している。

そんな熱気のなか、辰之仲と小春は舌をからませつづけた。

口吸いがこんなによいものだとは知らなかった。相手が思いつづけた小春だからだと思った。

五

江戸城。吉宗は御用の間に入った。

御用の間は、中奥と大奥の境にある。四畳半ほどの小部屋であった。

そこに続けて、御側御用取次の加納久通が中に入った。

狭かったが、それゆえ密談には適していた。

「例の歩き巫女はどうなっておる」

さっそく、吉宗が聞いてきた。このところ、吉宗の興味は望月千代にあった。

「雨乞いがうまくいきまして、雨乞い中に雨が降り出したそうです」

「ほう。それは、それは」

「調べましたところ、雨乞いの前日、九州のほうで雨が降っており、その雨雲が当日の夜、江戸に到達したと思われます」

「そのことを望月千代は知っていて、雨乞いをやったということか」

「恐らく」

「それで、民はどうなのじゃ」

「千代が雨を降らせたと、江戸市中ではその話で持ちきりとなっております」

「そうなのか」

「ただ、雨を降らせただけではないのです」

「ほう、なにかあるのか」

「ち、乳を……出しまして……」

「乳を出した。望月千代がか」

「はい。千代だけではなく、ほかの真由、佐和というふたりの巫女も乳を出しました」

「風紀が乱れるではないか」

「はい。その場は異常な熱気に包まれたようで、民の中にも乳を出す者、口吸いをする者があらわれ、みな騒いだと聞いております」

「宗春の喜びそうなことであるな」

「はい……」

「その玄妙神社だけではなく、あちこちの門前でにぎやかな市が開かれているそうであるな」

「はい……」

「それで、寺社奉行はなにをしている」

「大検使に望月千代のことを調べさせているようです」

「それで」

「まだ、尻尾はつかんでおりません」

「手入れをするわけにはいかぬのか。このまま放っておいては、改革の示しがつかぬ」

「はい。しかし、市は民が喜んでおります」

「わしの改革に異を唱えるのか、加納」

と、吉宗が眼光鋭く、久通をにらむ。

「そのようなことはございません。上様の改革こそ、幕府のためだと信じております」

「市をやめさせるように、寺社奉行に命じろ」

はっ、と久通は平伏した。

「いらっしゃい」

飯屋の暖簾を潜ると、小春が笑顔で迎えてくれる。いつもと変わらぬさわやかな笑顔だ。

が、辰之伸にはそのいつもと変わらぬところが、なにか物足りない。

雨乞いの夜から三日が過ぎていた。江戸市中では、千代の雨乞い成就（じょうじゅ）の話でいまだに持ちきりであった。瓦版（かわらばん）はそれしかやっていない。

雨を降らせたことより、乳をあらわにさせたことが、ずっと話題となっていた。あの場にいた者が描いた千代の袴だけの絵が描かれた瓦版が飛ぶように売れていた。

辰之伸にとっては、千代の乳房よりも、小春との口吸いで頭の中がいっぱいのままであった。

寝ても覚めても、小春の口吸いの顔が浮かぶ。

もちろん雨乞いの夜の翌日からも、ずっと飯屋に顔を出していた。小春は笑顔を見せてくれていたが、それはこれまでと変わらないものであった。

そんな小春を見ていると、あの雨乞いの夜の口吸いはわしの妄想だったのでは、と思ってしまう。もっと、口吸いをゆるしたおなごならではの、はにかむような表情があってもよいのではないのか。

「はい。お酒です」

と言い、辰之伸がお猪口を持つと、小春が徳利を傾けてくる。一日のうちで、いちばんの楽しみだ。

徳利がかたかたと鳴る。

どうしたのだ、と小春を見る。小春の頬が赤らんでいた。

お猪口から酒があふれる。

「あっ」

辰之伸はあわてて、口へ持っていく。

徳利を持つ手がまだ震えている。

「ごめんなさい……」

これは口吸いをしたからだ。口吸いをした相手に酒を注ぐのに、緊張しているのだ。

「布巾（ふきん）、持ってきますね」

と言って、小春が厨房（ちゅうぼう）に戻っていく。

辰之伸は手酌で呑む。雨乞いの夜の口吸いは妄想ではなかった。

小春が戻って来た。こぼした酒を布巾で拭（ぬぐ）う。空のお猪口を見て、

「もう一杯、いかがですか」

と、徳利を持つ。もう一杯、酌をしてくれるのか。

小春が徳利を傾ける。また、こつこつとお猪口に当たる音がした。一杯注ぐと、小春はほかの客のほうに向かった。布巾を忘れていた。

布巾を取りつつ小春に声をかけようとして、辰之伸の手が止まった。

布巾の下に、畳んだ紙があったのだ。

それを目にしただけで、辰之伸の心の臓は早鐘（はやがね）を打った。これは店に内緒の言づけなのではないか。

辰之伸はすばやく手のひらを置き、そのまま引いた。懐に入れる。

なにが書いてあるか見たかったが、見るわけにはいかない。

それから、いろいろ注文したが、なにを食べたか記憶にない。

勘定をして、外に出ると、

「ありがとうございました」

と見送りつつ、小春がじっと辰之伸を見つめていた。その目がしっとりと潤（うる）んでいることに気づき、辰之伸は一気に勃起させていた。

店を出るなり、すぐに懐から言づけを出し、開いた。

いつつはん　せんぎょくじ

とあった。それを目にした刹那（せつな）、五つの鐘が聞こえてきた。

あと、半刻後に、千玉寺（せんぎょくじ）で会いたいということだ。千玉寺は廃寺であった。ここから近い。

店を閉めたあと、辰之伸に会いにやってくるということだ。

辰之伸は千玉寺へと急いだ。別に急いでも、小春はいない。あと半刻しないとやってこない。が、急いでいた。

それからが長かった。半刻がまる一日に感じた。

山門で待っていたが、往来の向こうに、小春を目にした刹那、我慢汁がどろりと出るのをはっきりと感じた。

小春は辰之伸を見つけるなり、右手を挙げて、手を振った。

袖が下がり、白い腕があらわになって、辰之伸は生唾（なまつば）を飲みこんだ。

小春は駆け出した。手を振りながら、駆けていた。

わしとはやく会うために、小春が駆けているのだ。なんということだ。

辰之伸は自然と笑顔になる。

小春が駆け寄ってきた。

辰之伸の前で、はあはあと荒い息を吐く。

「お待たせしてしまって、ごめんなさい」

と謝る小春を、辰之伸は抱き寄せていた。小春は細い躰を辰之伸に委ねた。

そのまま、抱き合う。小春からは甘い匂いがした。一日働いた汗の匂いだ。

辰之伸は小春のあごを摘まむと、顔を上向かせた。

小春は瞳を閉じていた。睫毛が長いことに気づく。今まで気づかなかったのが不思議だ。

小春は口吸いを待っていた。やや開いた唇が待っていた。

辰之伸は口を重ねていった。やわらかかった。こんなにやわらかかったのか。雨乞いの夜は夢中だったから、そんなことまで感じ取る余裕がなかった。あの晩は、ひたすら小春と舌をからめた。

今宵は二度目ということもあり、やわらかさを感じることができた。

くなくなと押しつけていると、小春が唇を開いた。ぬらりと舌を入れると、小春がからめてきた。

唾がとろけるように甘い。まさに、甘露だ。

「うっ、うんっ、うんっん」

　お互い甘い吐息を洩らしつつ、舌を貪り合う。

「ああ、小春、はしたないおなごだとお思いですか」

　唇を引くと、小春が案じるような目を向けている。

「なぜだ」

「だって……言づけを渡して……こうして会うなんて……はしたないおなごだと、高畠様に嫌われてしまいそうで……」

「まさか。はしたなくはないぞ。わしも会いたかった。こうして、口吸いをしたかった」

　と言って、また口を重ねていく。小春の舌、唾を味わう。

「ひとつ、頼みがある」

「なんでしょうか」

「いや、その、あらためて頼むのは、野暮なのだが……その、ち、乳を……」

「あたいの乳を……」

「その、見たいのだ……」

「はい……」

とはにかみながら、小春がうなずく。

「よいのか、小春さん」

「千代様の乳を見て、見たくなったのですよね」

「そ、そうであるな」

確かに、千代の乳房は忘れられない。

「ああいうお乳がお好きなのですか」

「い、いや……わからぬ……」

どういう乳が好きなのか、考えたこともなかった。あるとすれば、大きいほうがよいくらいか。でも、さほど大きさにこだわりがあるわけでもない。

「あの、お乳を出すのはいいんですけど……あの、汗かいていて……きっと臭いと思うんです……井戸端で水を使わせてもらえませんか」

「もちろんだ」

廃寺ではあったが、住職が夜逃げしてから、半月ほどしか経っていない。ここの井戸はまだ使えるのではないのか。

小春とともに、庫裏のほうへと向かう。

なにか不思議だ。雨乞い前までは、好きだ、と思いを伝えることさえどうしたらよいのか悩んでいたのに、今はこうして、乳を出すべく、乳を見るべく、ふたりで境内を歩いている。

これも望月千代のおかげといえる。あの場で堂々と乳房を出して、おなごの乳房の美しさを民に見せつけたことが大きかった。

小春も乳房に自信があるのかもしれない。千代に負けないような乳を、小袖の下に隠し持っているのかもしれない。

井戸端に着いた。今宵は月明かりが眩しいほどだ。井戸端にも届いていて、小春の姿を浮かびあがらせている。

桶を井戸に投げこんだ。ぽちゃんと音がした。桶を汲みあげる。

「まだ、使えましたね」

桶には水がたっぷりと入っていた。小春は懐から、木綿の布を出した。

それを水に浸し、軽く絞る。

そこで、小春がちらりと辰之伸を見た。脱がないのか、と辰之伸は小春を見返す。そこで気がついた。当たり前だが、小春は恥ずかしくて、乳を出せないのだ。

それはそうだろう。辰之伸にじっと見られて、乳を出せるわけがない。

そうだ。わしが脱げばよいのだ。

辰之伸はいきなり、着物を諸肌に脱いだ。たくましい上半身があらわれる。辰之伸も武士の端くれだ。道場で鍛えていた。

「ああ、高畠様……なんて、たくましいお躰……」

小春が頬を赤らめる。

そうなのか。わしの躰はおなごを喜ばせるのか。

「あ、あの……おねがいがあります」

「なんだ」

「その胸板に……触れても……いいですか」

「もちろんだ」

「ありがとうございます」

と言うと、小春が右手を差し出してきた。そっと胸板に手のひらを置く。そして、ゆっくりさすりはじめた。

「たくましい胸板……」

小春はそろりそろりと胸板を撫でつづける。

すると、辰之伸の躰に異変が起こった。乳首が勃ちはじめたのだ。その勃った乳首を手のひらで撫でられ、せつない刺激を覚えてしまった。

「うう……」

思わず、うめき声が洩れる。

「ごめんなさいっ、痛みましたか」

小春があわてて手のひらを引く。

「いや、構わぬ、構わぬぞ」

もっと撫でてほしかったが、撫でてほしい、とは言えない。構わぬという言葉で促した。

それを察したのか、もっと撫でたかったのか、小春がまた手を伸ばしてきた。今度は遠慮なく、胸板のぶ厚さを確かめるような手つきで撫でてくる。

乳首にまたも、せつない刺激が走った。

これはなんだっ。

おなごが乳首で感じるというのはわかる。実際、辰之伸は千代の乳房を揉んでいた。あのとき、千代は甘い喘(あえ)ぎに似た声を洩らしていた。しかし、千代はおなごだ。

辰之伸は男である。男が乳首でなど感じることがあるのか。

「こちらも」

と言って、左手で右の胸板も撫でてくる。すると、右の乳首にもせつない刺激を覚える。

「ああ……躰が熱くなってきました」

と、小春が言う。

「高畠様のおかげで……乳を出せます」

そう言うと、小春は小袖の帯に手をかけて、結び目を解いた。前がはだける。肌襦袢(はだジュバン)があらわれる。

小春が肌襦袢の腰紐(こしひも)に手をかけた。結び目を解き、肌襦袢の前をはだけていく。

六

乳房があらわれた。

それは千代の乳と変わらぬ見事なお椀形であった。しかも、かなり豊かである。

「これは、なんと……」

その美しい曲線と豊満さに、辰之伸は感嘆の声をあげた。

「ああ、恥ずかしいです……」

と、小春が両腕で乳房を抱いた。乳首は隠れたが、豊満な隆起は二の腕からはみ出し、隠すことでかえってそそった。

「見せてくれ、小春さん。そなたの乳を見せてくれ」

「ああ……はい、高畠様のためなら……小春、恥ずかしくても……構いません」

そう言うと、乳房から両腕を引いていく。

再び、辰之伸の目の前に小春の乳房の全貌があらわれる。やはり、見事なお椀形だ。

「きれいな乳だ、小春さん」

「ああ、そうですか……」

「望月千代の乳より、きれいだ。それに豊かだ」

「ああ、うれしいです……」

小春は真っ赤になりつつも乳房を褒められ、笑顔となる。

まさか身近の恋い焦がれていたおなごの乳が、あの望月千代の乳より素晴らしいとは。

「さ、触ってみても、よいか」

「はい……」

と、小春がうなずく。月明かりを受けて、輝いている。

辰之伸は右手を伸ばした。そっと小春の乳房に手のひらを乗せる。

「あっ……」

小春がぴくっと上体を動かし、わずかだが下がろうとした。

不思議なもので、下がろうとすると、つかみたくなる。逃がすまいと、いきなりぐっと鷲(わし)づかみにした。

「あうっ……」

小春が眉間(みけん)に縦皺(たてじわ)を刻ませた。

「すまぬ。痛かったか」

辰之伸はあわてて乳房より手を引いた。

「い、いいえ……痛くなど、ありません……驚いただけです」

「そうか」

小春の肌は繊細(せんさい)で、一度強くつかんだだけで、うっすらと辰之伸の手形が乳房に浮きあがる。

その手形に、辰之伸はより昂る。

もう一度、小春の左の乳房をつかんでいく。

「ああ……」

小春の躰がぴくっと動く。が、それはさきほどとは違っていた。感じているように見えた。

辰之伸は今度は、優しく五本の指を豊満なふくらみに食いこませていく。

「はあっ、ああ……」

小春が甘くかすれた吐息を洩らす。

辰之伸はゆっくりと小春の乳房を揉んでいく。美麗なお椀形が、辰之伸の手によって崩れ、そしてすぐに戻る。それをまた、揉みあげていく。

「ああ、ああ……」

小春が喘ぎ声を洩らす。

生娘（きむすめ）だとは思うが、敏感なようだ。

「はあっ、ああ……」

「気持ちよいか、小春さん」

揉みつつ問うと、小春はさらに顔を赤くさせて、こくんとうなずく。

「きっと……」

「きっと、なんだ」

「きっと、辰之伸様だからです……」

いきなり名で呼ばれ、辰之伸はどきんとした。

「ごめんなさい。つい、お名を……口にしてしまって……」

「いや、構わぬぞ、小春さん」

「いつも、心の中でお名でお呼びしていたから、つい出てしまいました。ごめんなさい」

「そ、そうなのか」

飯屋で高畠様と名を呼びつつも、心の中では、辰之伸様と呼んでいたのか。

「小春さんっ」

辰之伸は乳房をつかんだまま、小春の唇を奪っていく。

すると、小春が辰之伸にしがみついてきた。火の息を辰之伸の口に吹きこんでくる。辰之伸は小春の舌を吸いつつ、右手で乳房を揉みしだく。

「うう、ううっ」

小春がさらに熱い息を吹きこみ、ねっとりと舌をからめてくる。

辰之伸は左手でも、小春の乳房を鷲づかみにする。左右のふくらみを、左右の手で揉みくちゃにしていく。

「ああ、ああっ、辰之伸様っ」

唇を引き、小春が声をあげる。

「お乳……ああ、気持ちいいです……辰之伸様……お乳、気持ちいいですっ」

小春の乳房は汗ばんでいた。あらわな上半身から、甘い汗の匂いがする。

「ああ、辰之伸様っ」

「小春さんっ」

と、辰之伸は昂る小春に煽られ、思わず乳房に顔を押しつけてしまう。

すると、小春が辰之伸の後頭部を押さえてきた。豊満な乳房の中に顔面が埋もれる。

「う、うう……」

辰之伸はむせつつも、顔面をぐりぐり押しつける。口に乳首を感じた。口に含み、じゅるっと吸う。すると、

「はあっ、あんっ、やんっ」

と、小春がいちだんと大きな声をあげた。それに煽られ、辰之伸はさらに乳首を吸っていく。

「ああ、辰之伸様っ……乳が……ああ、小春の乳が燃えてますっ」

辰之伸は乳房から顔を引いた。

ふたつの乳首は、いつの間にかとがっていた。辰之伸が吸った右の乳首は唾まみれだ。

「乳首、勃っておるな」

と、見たままを口にする。

「ああ、辰之伸様も勃っています」

と言うと、小春が両手を伸ばし、辰之伸の乳首をふたつ同時に摘まんできた。こりこりところがす。

「あっ……」

不意をつかれ、不覚にも声をあげてしまう。

「感じますか、辰之伸様」

と聞きつつ、小春がころがしつづける。

辰之伸はそれにには答えず、両手を伸ばすと、小春のとがった乳首を左右同時に摘まむ。それだけで、

「あんっ」

と、小春が甘い声をあげる。

あまりに敏感で、もしかして、すでに男を知っているのか、と疑ってしまう。

「あ、あの……小春さん」

「はじめてです……」

と、小春が言う。

「殿方にお乳を見せたのも、こうして乳首をいじっていじられているのも……生まれてはじめてです」

と、小春が言った。

「そうか」

辰之伸はうなずく。

「ああ、証をお見せします」

と言うと、小春はさらに大胆に小袖と肌襦袢をひろげ、腰巻に手をかけた。

いや、そこまでしなくても疑ってなどおらぬぞ、と言うのが男としてあるべき姿であろう。まして小春のことを好いているのであれば、小春に恥をかかせてはならぬ。

が、その言葉が出なかった。

見たかったのだ、小春の花びらを。

辰之伸は佐和に尺八を吹かれ、喉に精汁を放ってはいたが、まだおなご知らずであった。おなご知らずの男が興味があるものは、一に乳、二に女陰だ。乳は三人の巫女だけでなく、今、小春の乳房も目にしている。

が、花びらはまだこの目で見ていない。どうしても見たかった。

小春は自ら証を見せると言いながらも、腰巻を取らなかった。恐らく、辰之伸が止めると思ったのであろう。武士であれば、止めるのが当然だ。

小春が救いを求めるような目で、辰之伸を見つめていた。

どうして、やめろ、とおっしゃらないのですか、という目で見つめている。

なぜだが、そのすがるような、なじるような眼差しに、辰之伸は昂ってしまう。

「どうした。証を見せてくれないのか」

とまで口にしてしまう。

「辰之伸様……」

小春が泣きそうな表情となる。こんな小春の顔を見るのは、はじめてだ。こんな顔も悪くない。わしだけに見せる顔だ。

覚悟を決めたのか、小春が腰巻を脱いでいった。

小春の恥部があらわれた。月明かりを受けて、そこだけ浮きあがって見える。

辰之伸はすぐさま、しゃがんでいた。

小春の恥部が迫ってくる。

小春の陰りは薄かった。ひとすじ通った割れ目があらわになっている。その左右にはわずかに恥毛があるだけだ。

これが秘溝。女陰の入口。

小春の割れ目はぴっちりと閉じていて、一度も開いていないように見える。

が、おなご知らずの辰之伸は割れ目を見ただけではわからない。そもそも、比較のしようがなかった。

「開いて、見せてくれ」

我ながら、恥知らずなことを言ってしまう。

「はい……」

と、上から小春のか細い声がする。

小春のほっそりとした指が、割れ目に伸びてきて、添えている。

が、開かない。添えた指が震えている。

我慢できなくなった辰之伸は小春の指に我が指を添えると、ぐっと開いていった。

辰之伸の前に、花びらがあらわれた。

「これは……」

月明かりを受けて、浮きあがっている花びらは、なんとも可憐であった。

「ああ、ご覧にならないでくださいっ」

小春が両手で花びらを覆った。

「隠すでないっ」

と、辰之伸は思わず大きな声をあげていた。

小春は、ひいっと驚いた声をあげて、あわてて手のひらを腰骨へとやる。

辰之伸は自らの指で割れ目をくつろげたまま、食い入るように小春の女陰を見つめる。辰之伸の息が花びらにかかる。

「あ、ああ……生娘だと……おわかりになったでしょうか、辰之伸様」

小春の声が震えている。

見た刹那、生娘だと思った。穢れというものを感じなかった。

が、まだ生娘の証を確認してはいなかった。生娘には証の花があるという。はじめてのとき、魔羅の先端でそれを散らすという。

辰之伸が散らすものを、はっきりとこの目で見なくてはならぬ。

辰之伸は小春の問いかけに返事をせず、生娘の証を探す。

あった。花があった。

ちょっと突けばすぐに散らせそうな花が。

これが、生娘の証。

望月千代の女陰にも、これがあるのだろうか。散らしたい。今すぐにでも、この花をおのが魔羅で散らしたい。

突き破ったとき、小春を我がものにしたという達成感を味わえるのではないか。

「う、うううっ……」

この花を散らしたい衝動を、辰之伸はぐっと我慢していた。

今、ここで散らすのはよくない。一気にことを進めるべきではない。いやそうだろうか。ここには、小春から誘ってきたのだ。

こんなひとけがない廃寺に。それは、生娘の花を散らしてください、という誘いなのではないのか。いや、あまりに都合よく考えすぎた。

おや。花びらが湿ってきているぞ。これは露（つゆ）なのか。

純真無垢（じゅんしんむく）な花びらに露がにじんできている。

これはどういうことなのか。わしに見られて感じているのか。濡らすのは、魔羅で突き刺されても傷がつかないためのおなごの用意なのだ。

小春は欲しがっている。小春の生娘の花は散らされたがっている。

「う、ううっ」

辰之伸は小春の花びらを前にして、うなりつづける。

「辰之伸様、どうなさったのですか。小春は生娘です。殿方など知りません。おわかりになったでしょうか」

花びらを前にして、うなりつづける辰之伸を見て、小春は不安になっているようだ。

辰之伸からの返事はなく、花びらをにらみつづけている。

「もうだめっ」

と叫ぶと、小春は腰巻を取ったまま駆け出した。

第三章　暴れ馬

一

玄妙神社の鳥居の前が騒然となっていた。

寺社奉行立浪政紀自らが出張ってきたのだ。馬に跨がり、鳥居の前の参道を埋めている参拝者を脇にやりながら進んでいく。その背後には、大検使が三人従っている。その中に、辰之伸もいた。

「これより、鳥居の前の市は廃止とする。さあ、すぐに店を閉じるのだっ」

と、馬上より立浪が命じる。

鳥居の前の市を楽しみに来ていた町人たちがどよめく。

「なにをしているっ。はやく、店を閉めいっ。参拝する者は寄り道などせずに、拝殿に向かうのだっ」

命令に従う者もいたが、三分の二ほどの町人たちは不満そうに寺社奉行を見あげている。露店も閉めようとはしない。

「これは上様の下知なのであるぞっ。享保の改革に異を唱えるつもりかっ。そのような輩(やから)は引っ立てよっ」

はっ、と大検使たちが、立ち止まったままの町人たちに拝殿に向かえと命じ、露店には閉めろ、と威嚇(いかく)する。

それでもみなが命令を聞くわけではなかった。やはり、質素倹約の政(まつりごと)に対して、かなり不満がたまっているのだ。

「なにをしている。引っ立てられたいのかっ」

大検使のひとりが町人の腕をつかみ、縄をかけようとする。すると、やめろっ、と近くの町人が叫び、それがまわりにひろがる。

「お上(かみ)に逆らうのかっ」

縄をかけようとしていた大検使が大声をあげ、最初に叫んだ町人を鬼の形相(ぎょうそう)でにらみつける。ほかの大検使も命令に従わない町人たちに縄をかけようとしはじめる。

そんななか、辰之伸は町人たちに手を出していなかった。鳥居の前の市を楽しんでいた民のささやかな娯楽を奪うことに、ためらいがあったのだ。

「お上に逆らうものは、すべて引っ立てろっ」

馬上から、立浪が大声を張りあげる。

すると、鳥居から巫女(みこ)たちが姿を見せた。

「千代様だっ」

「千代様が来られたぞっ」

町人たちの顔がにわかに輝きはじめた。千代様、千代様っ、と町人たちが声をあげる。

望月千代が馬の前に立った。その背後に、真由と佐和が立つ。みな、白衣(びゃくえ)に緋(ひ)袴(ばかま)姿だ。漆黒(しっこく)の長い髪を背中に伸ばし、根元を括(くく)っている。

「玄妙神社の望月千代と申します。この騒ぎはいったいなんでしょうか」

「わしは寺社奉行、立浪政紀である」

寺社奉行だと馬上から名乗っても、千代は表情を変えることはない。

「立浪様が、いったい、どんな御用でしょうか」

「すぐに、市をやめるのだ。質素倹約に励むのだ。わかったな」

「それはできません」

と、千代がきっぱりと断る。

「なにっ」

「できません。ご神体に参拝されている方はみな、この市を楽しみにしているのです」

そうだっ、と町人たちがうなずく。

「贅沢、遊興はならんっ。上様自ら大奥の人減らしまでなされているのだ。上様自ら、質素倹約に励んでおられるのだ。江戸の民が遊興に耽ってどうする」

「遊興に耽っているわけではありません。みな、日々汗して働いています。ここに集っているのは、しばしの休息なのです。倹約の名のもとに、それまで上様が奪ってもよいのでしょうか」

「なにを申すっ。望月千代とやら、上様のご意向に逆らうのかっ。この不届き者をひっ捕らえっ」

と、立浪が叫ぶと、馬がいきなり、ひひぃんっ、と嘶き、前足を上げて、上体を起こした。

立浪を振り落とすように、激しく胴体を上下させる。

「これっ、どうしたっ」

立浪は振り落とされないように、しっかりと手綱（たづな）をつかむ。武士が江戸市中で落馬したとあっては、恥となる。

「殿っ」

と、大検使たちが集まってくる。辰之伸も案ずるように見あげるが、暴れ馬はどうすることもできない。

「馬も怒っています。すぐに撤回するのです」

と、千代が言う。

「おのれっ、馬になにかしたのかっ」

「なにもしていません。なにかしたのを見ましたか」

と、千代はまわりの町人たちを見まわす。町人たちは、なにもしていねえぞ、と言う。

「生き物はわかるのです、誰が正しくて、誰が間違っているのか」

「なにを戯（たわ）けたことをっ」

立浪は必死の形相で、手綱を握っている。

「ひひいっんっ」

と、馬がさらに大きく嘶き、ついに立浪を振り落とした。

寺社奉行がみなの前で落馬した。

「殿っ」

辰之伸はその場にしゃがみ、立浪に声をかけた。したたかに腰を打ったのか、立浪はうんうんうなっている。

「千代様が、天罰を下されたぞっ」

と、ひとりが叫び、

「質素倹約、反対っ」

と、別の者が叫ぶと、反対っ、という声がひろがっていく。

そんななか、寺社奉行は腰の痛みにうめきつづけた。

二

「殿、よろしいでしょうか」

と、襖(ふすま)の向こうから側用人の声がした。

「なんだ」

床に横になったまま、立浪は問う。玄妙神社の鳥居の前で落馬してから、すぐに屋敷に戻り、横になっていた。

「望月千代と真由、そして佐和の三人の巫女が参っております」

「なにっ、望月千代だとっ」

立浪に恥をかかせた張本人がわざわざ屋敷に来たというのか。いったい、どういうことだ。

「お見舞いに参ったと言っております」

「見舞いだとっ」

なにかのまやかしを使って、馬を暴れさせたに違いないのだ。そうでなければ、馬がとつぜん、あんなに暴れることなどない。

「いかがいたしますか。追い返しますか」

立浪の脳裏に、千代の姿が浮かぶ。恥をかかせた憎きおなごではあったが、美しかった。連れのふたりも美しい。

「通せ」

思わず、そう言っていた。

しばらくすると、

「千代でございます」

と、襖の向こうから透き通ったおなごの声がした。その声を聞くと、腰の痛みが取れた。

「入れ」

失礼いたします、という声とともに、襖が開かれた。

千代とその背後にふたりの巫女が正座をしていた。

「さきほどは、失礼しました。お加減はいかがでしょうか」

民の前のときとは違い、千代は優しく声をかけてくる。

「二、三日安静にしていたら、よくなるだろう、と医師が言っていた」

「そうですか。おそばに、行ってもよろしいでしょうか」

構わぬ、と言うと、千代と真由、そして佐和がにじり寄ってきた。と同時に、なんとも言えない甘い匂いが漂ってきた。三人の巫女の匂いだ。

「お起こしいたしましょうか」

と、側用人も中に入ろうとした。すると佐和が、

「私が」

と言って、寝巻姿の立浪の真横に寄り、手を出そうとする。すると、

「殿になにをするっ」

と、側用人が大声をあげた。

「下がってよいぞ、浜田（はまだ）」

と、立浪は言った。側用人の浜田は、驚きの表情を浮かべた。

「下がってよいと言っているのだ。聞こえなかったか」

「しかし、殿、こやつらは、まやかしを使って馬を暴れさせ、殿に恥をかかせた輩ですよ」

「なにっ、恥だとっ」

と、立浪は浜田をぎろりとにらみつける。

「いいえっ……」

浜田はあわてて下がった。襖を閉めると、巫女たちの匂いが濃くなる。

佐和が手を差し伸べ、立浪の腰を支える。立浪は床の中で上体を起こした。

佐和が腰をさする。

「痛みはさほどないようですね」

と聞いてくる。痛みはすっかり取れていた。それどころか、下帯（したおび）の中がむずむずしてたまらなくなっている。

「よかったです」

と、千代が笑顔を見せる。痛みどころか、疲れさえもすうっと取れていく。

なにゆえ、この巫女と敵対しているのか、ふとわからなくなる。

千代も床の横までにじり寄ってきた。そして、立浪の手を取ってきた。

立浪の躰（からだ）にせつないさざ波が走る。

「ご迷惑をおかけした、お詫（わ）びに参りました」

と、千代が言う。

「そ、そうか……」

「おなごの詫びというのは躰で詫びることだと聞いていますが、そうなのでしょうか」

澄んだ瞳で立浪を見つめ、千代がそう問うてくる。

「か、躰で……いや、そのようなことはしなくてよい」

千代とまぐわうのか、と思うと、一気に勃起させていた。

「でも、やはり、お詫びはしないと……寺社奉行様に恥をかかせてしまって……大変、申し訳なく思っているのです」

千代の横ににじり寄った真由が、手を伸ばしてきた。寝巻の帯に手をかける。

立浪は、やめろ、と言えなかった。それを見て真由が帯を解（ほど）き、寝巻を脱がせていった。

立浪の上半身があらわれる。

「ああ、たくましいお躰……」

と言って、真由が手を伸ばし、ぶ厚い胸板を撫でてきた。

なにをする、という言葉がどうしても出ない。立浪は巫女にされるがままになっていた。

真由が手を引いた。もう終わりなのか、と思っていると、自らの白衣の前をはだけてきた。

たわわな乳房があらわれる。

さすがに、なにをする、と立浪は問うていた。

「お乳、嫌いですか」

と聞きつつ、真由が床に上がってきた。立浪の下半身を跨ぐと、はだけた胸もとを寄せてくる。

豊満な乳房が胸板に迫る。立浪は動けなかった。乳房を胸板に押しつけられた。

「ああ……」

と、かすれた吐息を洩らしつつ、真由が強く乳房をこすりつけてくる。

「いかがですか、立浪様」

と、千代が問うてくる。

「こ、このような……詫びなど……」

いらぬ、という言葉が出ない。

真由が美貌を寄せてきた。口に真由の唇を感じた。やわらかな感触に、躰が震える。

舌先で口を突かれた。わずかに開くと、すぐに舌を入れてきた。

立浪の舌を求め、触れると、からめてくる。

「うっ、うんっ」

火の吐息を吹きこみながら、さらに強く乳房を押しつけてくる。

立浪は完全に勃起させていた。下帯の中が痛いくらいだ。

耳に舌のぬめりを感じた。佐和が腰を支えつつ、ぺろりと立浪の耳を舐めはじめたのだ。

「うう……」

舌と耳を同時に責められ、立浪はうなっていた。ふたりのおなごを一度に相手にするのは、はじめてのことだった。

いや、三人か。千代はずっと立浪の手を握っている。今、三人のおなごと接触していた。しかもここは、我が屋敷の寝間なのだ。

浜田は下がったものの、襖の向こうに控えているはずだ。

浜田にこの恥態を見られるわけにはいかぬ。恥をかかされた相手の色香に惑っている姿など見せられたものではない。

佐和の舌がぬらりと耳の穴に入った。

「ううっ」

と、思わず声をあげた。真由と口吸いをしていたため、外には洩れていない。が、真由が唇を引いた。と同時に、千代が類希なる美貌を寄せて、ふうっと左の耳に息を吹きこんできた。

「ああっ」

と、立浪は声をあげてしまう。右の耳の穴は変わらず、舐められている。その上に、左の耳に千代の息を吹きかけられ、そして真由が若さの詰まった乳房をこすりつけている。

「あ、ああっ」

またも、声をあげてしまう。さすがに気になったのか、

「殿、いかがなさいましたか」

と、襖の向こうから浜田が聞いてきた。

「なんでもない」

と、立浪は返事をしたが、その声は上擦っていた。

真由が躰を下げた。そして、下帯に手をかけてきた。

なにをする、と言う前に、下帯を脱がされた。すると弾けるように、勃起した魔羅があらわれた。

三

「なんと、たくましい魔羅」

三人の巫女が声をそろえて、そう言った。

それだけで、ぞくぞくした快感を覚え、鈴口より先走りの汁を出してしまう。

すると、

「あら、お汁が」

と言うなり、真由が美貌を寄せて、ぺろりと先走りの汁を舐め取ってきた。それは、魔羅の先端を舐めることを意味していた。

いきなり先端を巫女に舐められ、立浪はうめいた。さらに汁が出てくる。それを真由はぺろぺろと舐め取っている。その間も佐和は耳たぶを舐め、千代は甘い吐息を吹きかけつづけている。

いかん。望月千代はわしを色香で懐柔（かいじゅう）しようとしている。これに乗ってはならぬ。わしは寺社奉行なのだ。これから、どんどん出世しなくてはならぬ。落馬しただけでも出世の妨（さまた）げになっているのだ。

このうえ巫女の色香に落ちてしまったら、お終（しま）いである。

もうよい、と真由を振り払おうとしたとき、真由がぱくっと鎌首（かまくび）を咥（くわ）えてきた。

「ううっ」

あまりの気持ちよさに、立浪はうめいていた。

「殿っ」

と、案じる声がする。色香に惑ってはいませんよね、という声だ。

なんでもない、と言おうとしたとき、真由がさらに深く咥えてきた。と同時に、佐和が立浪の胸板に顔を寄せ、ちゅっと乳首を吸ってきた。

「あっ」

と、立浪は思わず声をあげていた。しかも、おなごのような声であった。落馬で恥をかき、今また喘ぎ声を家臣に聞かれて恥をかいていた。

真由は根元まで咥えると、じゅるっと吸いあげてきた。と同時に、佐和も乳首を強く吸ってくる。

「あ、ああ……」

おなごのような喘ぎ声を抑えられない。

「殿っ」

「ああ……」

返事をしようと口を開くと、喘ぎ声が出てしまう。それくらい、二カ所同時責めは利いていた。

「な、なんでも……ああ、ないぞ……」

ようやく返事をしたが、むしろ家臣には疑われているだろう。襖を開かれたら、最悪である。

真由が唇を引きあげた。これで終わりか、と安堵したものの、違っていた。真由がそそり立つ魔羅の左側に顔を動かすなり、乳首を吸っていた佐和も股間に顔を寄せてきたのだ。

真由は左側から、佐和は右側から鎌首に舌をからめてきた。

「おうっ」

思わず、吠えていた。

「殿っ、開けますよっ」

「ならんっ、ならんぞっ」

真由の舌と佐和の舌が、鎌首を這っている。ときおり舌先と舌先が触れるが、構うことなく舐めている。

これは視覚的にかなりの刺激を呼んでいた。

が、そこにまた千代の手が加わった。千代が胸板を撫でてきたのだ。手のひらで乳首をなぞられ、立浪はまたも声をあげそうになる。

佐和が先端を咥えてきた。すると真由が顔を下げて、ふぐりを咥えてきた。ぱふぱふと優しい刺激を送りはじめる。と同時に、なんと千代が乳首を摘まみ、ひねりはじめたのだ。

三人がかりの責めを受け、立浪は変になりそうになる。

「あ、ああ……たまらんっ」

「殿っ、開けますっ」

「ならんっ」

と叫んだが、浜田が襖を開いた。

「こ、これは……」

裸にされて、ふたりの巫女に魔羅を責められ、望月千代に乳首をいじられて、おなごのような恍惚の顔をした寺社奉行を見て、浜田は固まった。

浜田は固まったが、見られた立浪はさらに感じていた。

「あっ、出るっ」

いきなり出そうになり、ぐっとこらえたが、佐和がここぞとばかりに深く咥えてきた。

「おうっ」

立浪は雄叫びをあげて、佐和の口の中に射精させた。

「おう、おうっ」

と吠えつつ、どくどくと凄まじい勢いで、巫女の喉に精汁を噴射させていく。

「う、うう……」

佐和は美貌をしかめることなく、寺社奉行の精汁を喉で受けつづける。ただ受けているのではなく、受けつつも、脈動する魔羅を強く吸っていた。

その間も千代は乳首をひねり、真由はふぐりの中の玉を舌先でころがしていた。

「と、殿……」

浜田は動けずにいる。どういう態度を取ればよいのか、にわかに判断がつかないのだ。

その間も、射精は続いていた。ふぐりが空になるのではないかというくらい、噴射している。ずっと受けている佐和の唇から、精汁がにじみはじめた。

それを見て、立浪はさらに昂る。

ようやく脈動が鎮まり、佐和が唇を引きあげた。するとすぐに、真由が精汁まみれの魔羅にしゃぶりついてくる。

萎える暇も与えず、根元から吸いはじめる。

佐和のほうは大量の精汁を吐き出すことなく、立浪の目の前でごくんと喉を動かした。

「の、飲んだのか……」

「当たり前です。お奉行様がお出しになられた男の精を、吐き出すなんてありえません。ありがたくいただきました」

乳首を白い指でなぞりつつ、千代がそう言った。

「と、殿……」

「なんだ……」

千代が美貌を胸板に埋めてきた。千代自らが、乳首を舐めてくる。

「おうっ」

立浪は家臣の前で吠えていた。千代自らの乳首舐めはたまらない。真由の口の中で、魔羅が一気に力を取り戻していく。

「殿っ」

「なんでもないっ、なんでもないのだ」

「しかし……」

「介抱だ。これは、介抱だっ。下がれっ、浜田」

千代は右の乳首から美貌を上げると、すぐさま左の乳首に吸いついてきた。右の乳首を摘まみつつ、左の乳首をじゅるっと吸う。

「ああっ、千代どのっ」

「殿……」

魔羅を吸われながらの、乳首吸いがたまらなかった。

「下がれっ」

と、立浪は叫んでいた。浜田が下がっていく。襖が閉められた。

すると、真由が美貌を引きあげた。勃起を取り戻した魔羅が弾けるようにあらわれる。

「ああ、なんとたくましい魔羅」

千代が手を伸ばし、真由の唾まみれとなっている魔羅をつかんできた。

「おう、おうっ」

望月千代につかまれただけで、立浪は吠えていた。

「殿っ」

と、襖の向こうから家臣の案じる声がする。

「千代はたくましい御方が好きです」

と言いながら、鎌首を手のひらで包んでくる。

その間に、真由と佐和が白衣を脱ぎはじめる。

「な、なにをしている……」

真由だけでなく、佐和の乳房もあらわれた。熟れたやわらかそうな乳房だ。

真由が腰巻を取った。下腹の陰りがあらわれる。真由の陰りは薄く、おなごの縦割れが剝き出しとなっている。

その隣で佐和も腰巻を取った。こちらは濃かった。それがなんとも卑猥に見える。

千代の手の中で、立浪の魔羅がひくついている。

「どちらの穴に入れますか、立浪様」

鎌首を手のひらで撫でつつ、千代が聞いてくる。

「どちらの……あ、穴とは……」

「お好きなほうの穴が、立浪様の魔羅をお包みします」

「そのようなこと……」

する必要はない、と追い出すべきであった。

これは間違いなく、色を使っての懐柔である。鳥居前の市をそのままにしてほしい、という色を使った要求である。

すでに佐和の口に放っているだけでも、言い訳ができない。が、まだ要求を突き放すことはできた。

が、まぐわってしまったら、もう無理だ。

「どちらの穴がよろしいですか」

右手で鎌首を撫でつつ、左手の指でまた乳首を摘まんでくる。

「うう……」

「決まりませんか。では、開いてお見せしましょう」

と、千代が言う。

「開く……」

真由が割れ目に指を添えてきた。佐和も濃い陰りの中に指を入れていく。

そしてふたり同時に、指を開きはじめた。

「こ、これは……」

立浪の目の前に、ふたつの花びらがあらわれた。

ひとつは桃色の可憐な花びらで、もうひとつは真っ赤に燃えた淫猥な花びらであった。

真由の花びらはしっとりと濡れ、恥じらうように息づいている。一方、佐和の花びらはどろどろに蜜であふれ、誘うように蠢いていた。

「あら」

と言って、千代が鎌首から手を引いた。我慢汁が出ていた。千代の手のひらについた我慢汁が糸を引く。

「なんと……」

望月千代の手を我慢汁で汚し、立浪はさらに昂った。

「どちらの穴に入れますか」

「どちらの穴にも……」

「どうなされましたか、立浪様」

そう問いつつ、千代が再び鎌首を手のひらで包んでくる。手首にひねりを利かせて、鎌首をこすってくる。

「う、うう……どちらの穴に入れても……わしは言いなりにはならぬぞ」

「私たちは、ただお詫びをしたいだけです」

「詫びだけか……」

「当たり前です。それ以上、なにを望むというのですか」

まぐわったら、詫びだけで済むはずがない。

望月千代の背後には、尾張の宗春がいるかもしれぬ、と御側御用取次の加納どのが言っておられた。

ここで巫女とまぐわうということは、尾張とまぐわうということだ。

ならんっ。わしは譜代の臣だ。

「では、ふたつの穴でお詫びをさせていただきます」

　と、千代が言うと、まずは真由が立浪の腰を白い足で跨いできた。そそり立つ魔羅を逆手で持つと、腰を下ろしてくる。

「なにをするっ。やめるのだっ」

　と叫ぶ立浪の先端に、真由の割れ目が触れた。

四

　ずぶりと先端が真由の中にめりこんだ。

　真由の穴は狭く、野太く張った鎌首を強く締めてきた。

「ううっ、これはっ」

　締めつけにうなっていると、真由がさらに腰を落としてくる。窮屈な穴の側面をえぐるようにして、立浪の魔羅が入っていく。真由の穴に呑みこまれていく。

「あうっ、うんっ」

　真由があごを反らし、根元まですべて咥えこんだ。茶臼（女性上位）で繋がった。先端からつけ根まで巫女のおなごの粘膜に包まれる。最初から強く締めてくる。

「うう……なんという締めつけだ……」

佐和の口に出していなかったら、不覚にもすぐに暴発というさらなる恥をかいていたかもしれぬ。

真由が腰をうねらせはじめる。円を描くように股間が動く。すべてを包まれている立浪の魔羅が斜めに倒され、回転していく。

「はあっ、あんっ……やんっ……」

真由は愛らしい喘ぎを洩らし、寺社奉行の魔羅を女陰(ほと)全体で貪(むさぼ)っている。巫女が寺社奉行とまぐわうなど、ありえぬことだ。が、ありえぬことゆえ、かえって燃えるのだ。

「立浪様も……あ、ああっ……真由を……ああ、突いてくださいませ」

真由が潤(うる)んだ瞳を立浪に向けてくる。まぐわいの最中に、おなごからこのような目で見つめられたことなどない。

立浪は腰を突きあげはじめた。ずぶずぶと窮屈な穴をえぐりあげていく。

「ああっ、い、いいっ……立浪様っ」

と、真由が歓喜の声をあげる。すると、

「殿っ」

と、襖の向こうから浜田の声がする。真由のよがり泣きが聞こえたようだ。もっと聞かせてやれと激しく突きあげる。

「ああ、ああっ、いい、いいっ」

突きあげるたびに、真由が愉悦の声をあげる。

が、真由がいきなり腰を上げていった。

剝き出しの割れ目から蜜まみれの魔羅が出てくる。それは名残惜しそうに、ひくひく動いている。

立浪は思わず、なぜだ、という目で真由を見る。が、すぐに答えはわかった。真由に代わって、大年増の佐和があぶらの乗った太腿で、立浪の腰を跨いできたのだ。

真由の蜜まみれの魔羅を逆手で持ち、真由同様、腰を落としてくる。

先端が茂みに触れたかと思うと、熱い粘膜に包まれた。こちらの女陰は真由のように窮屈ではなかったが、肉の襞がざわざわとからんできた。

「あうっ、うんっ」

佐和は火の息を吐きつつ、瞬く間に立浪の魔羅を女陰に咥えこんだ。そしてすぐさま、腰をうねらせはじめる。

「ううっ、たまらんぞ」

魔羅がとろけそうな快感に、立浪はうなる。

「佐和の女陰も、突いてくださいませ、お殿様」

と、佐和が殿様と呼ぶ。浜田のまねをしたのだ。殿様と言われ、立浪の魔羅は佐和の中でひとまわり太くなる。

「あうっ、大きくなりました」

「あら、もっと大きくなったのですか。たくましい御方」

と、千代が言い、胸板を撫で、乳首を摘まんでくる。

「ううっ……」

立浪はうめいた。乳首だけの責めであったが、相手が千代となると、それだけで感じてしまう。まぐわったら、どうなるのか。

そんなことを想像すると、いきなり佐和の中に出しそうになる。

「ああ、また大きくなっています」

と、佐和が驚きの声をあげる。そして、腰を上下に動かしはじめた。

佐和の茂みから魔羅から出て、すぐに呑みこまれ、また出て呑みこまれる。

「あうっ、あんっ、やんっ」

佐和がなんともそそる喘ぎ声をあげる。

腰を上下させるたびに、やわらかそうな乳房がたぷんたぷんと上下左右に揺れる。

「ああ、たまらぬ……」

「また出そうですか、お殿様」

と、千代も、殿様、と呼んできた。呼びつつ、左右の乳首をひねってくる。

「おうっ」

出そうになった。出るっ、と思った刹那(せつな)、佐和の女陰が引きあげられた。

ぎりぎりで暴発せずに済んだ魔羅が、ぴくぴく動いている。

「そんなにすぐにお出しになられたら、躰が持ちませんよ、お殿様」

と、千代が言う。

佐和が腰から離れるなり、また真由が白い太腿で跨がってきた。ひくつく魔羅を逆手で持つと、割れ目を鎌首に当ててくる。ずぶりと鎌首を呑みこんでいく。

「ああっ……」

真由が甘い喘ぎを洩らし、ぐっと上体を反らせる。形よく実った乳房の底が持ちあがり、見事な曲線美を見せつける。

出そうだった立浪は、真由の女陰の締めつけにあい、ううっ、とうなる。

「ああ、突いてくださいませ、お殿様」

と、真由も殿様と呼んでくる。

立浪が突かずにいると、真由が上体を倒してきた。胸板に両手を置くと、腰から下を激しく上下させはじめる。

「あ、あああっ」

「おう、おうっ」

真由のよがり声と立浪のうなり声が重なり合う。

「殿っ」

また浜田が襖を開き、のぞいてきた。巫女がまぐわいながら、殿の首を絞めているのかもしれないのだ。家臣としては、様子を見るのは当然のことである。

浜田が、真由の割れ目を激しく出入りしている立浪の魔羅を直視する。

「こ、これは……」

浜田もこれほどあからさまに魔羅が出入りしているのを見たことはないだろう。

「ああ、出るぞっ」

「くださいっ、お殿様っ」

真由の上下動はさらに勢いを増してくる。

「殿っ、お出しになってはなりませんっ。相手は巫女ですぞっ」

浜田が叫ぶなか、立浪は射精させた。

「おう、おうっ」

と絶叫し、どくどくと真由の子宮めがけぶちまけていく。さきほど佐和の喉にたっぷり出したのがうそのように、真由の中にどくどくと出していく。

「ひ、ひいっ……いくいく……いくっ」

真由は精汁を子宮に受けつつも、さらに腰を上下させつづける。

割れ目を出入りする魔羅が、瞬く間に白く染まる。

「殿……」

浜田は呆然と見つめる。

「おう、おうっ」

そんななか、立浪は巫女の中に射精を続けた。

「もっと出しましょうね、お殿様」

と言いながら、千代が強く乳首をひねってきた。

五

江戸城。御用の間。

四畳半ほどの小部屋で、将軍吉宗と加納久通が向かい合っていた。

「鳥居前の市はどうなった」

と、吉宗が問うた。

「それが……」

「どうした。まさか、まだ続けていることはないよな、久通」

吉宗がぎろりとにらむ。

「続けております」

「寺社奉行はなにをやっているのだっ」

「それが、恐らく望月千代に懐柔されたようで、なにもしておりません」

「なんだとっ。すぐに寺社奉行の役を解けっ」

「それは、いかがなものでしょうか」

と、久通が恐るおそる反論した。

「どういうことだ」

「鳥居前の市を継続させている寺社奉行の立浪の役を解くと、民の反発をかなり買いかねません」

「なんだとっ」

「鳥居前の市を見逃している立浪は今、江戸の民から名奉行と言われているのです」

「なにっ」

「民は質素倹約の暮らしに疲れているのです」

「わしの改革が間違っているというのか、久通っ」

「決して、そのようなことはございませんっ」

「宗春の思いどおりにことが運んでいるではないか」

吉宗が悔しそうに、歯ぎしりをする。

「望月千代の裏の顔をはやく暴くのだ。宗春の好き勝手にさせてはならぬっ」

はっ、と久通は頭を下げた。

日暮れどき。寺社奉行でのお勤めを終え、辰之伸が小春の飯屋に向かっている

と、

「高畠どの」

と、往来で声をかけられた。

振り向くと、菅笠(すげがさ)を深くかぶった武士が立っていた。

「加納久通と申す。ちと、顔を貸してくれぬか」

と、武士が言い、菅笠を上げた。

「こ、これは……加納様っ」

辰之伸は主君である立浪政紀の屋敷で、訪ねてきた加納久通を何度か目にしたことがあった。

往来だったが、思わず平伏しそうになる。辰之伸のような大検使が口をきける相手ではない。

「あら、高畠様、いらっしゃいませ」

飯屋の外に出てきた小春が辰之伸に気づき、声をかけてきた。

「お連れ様もどうぞ」

と、小春が御側御用取次にも気軽に声をかける。

「いや、今宵(こよい)は……」

「高畠どのの馴染(なじ)みの店なのか」

と、久通が聞いていた。

「はい……」

「ここでよいぞ。いや、むしろ、ここがよい」

邪魔させてもらうぞ、と久通のほうから小春に近寄る。

「ありがとうございます」

小春がとびきりの笑顔を見せる。

「小上がりはあるかな。しばし、大事な話があってな」

「お役目についてのお話ですか」

と、小春が問う。

「そうであるな」

「小上がり、ございます」

「そうか。頼む」

小春に案内されて、久通が馴染みの飯屋に入る。御側御用取次には似合わぬ飯屋だ。

まだ開けたばかりで、三分の一ほどの入りだった。出職の大工たちが多い。そんななか、小上がりに上がった。

「酒と刺身を」

と、久通が言い、はい、と小春が返事をした。

待つほどなく、酒と刺身が運ばれる。

「お武家様、一杯どうぞ」

と、上座にいる久通の徳利を小春が取る。久通がお猪口を持つと、小春が注いでいく。そして辰之伸のお猪口にも注ぐと、ごゆっくり、と小春が去っていった。

「かわいらしいおなごであるな」

ごくりと酒を飲み、久通がそう言う。

「はい……」

「おまえの情人か」

「い、いえ、そういうわけでは、ありません……」

「そうなのか」

二杯目は手酌で注ごうとするのを見て、辰之伸はあわてて徳利を取ろうとする。

「いや、よい。かわいい娘の酌だけで充分だ」

あとは手酌でと言い、久通が自分で注いだ酒を飲む。辰之伸もお猪口を口に運んだ。

「いらっしゃいませっ」

小春の声がする。久通が小春を見て、よきおなごだ、と言った。

「立浪様をどう思う」

と、久通が聞いてきた。

「どう思うと、申されますと……」

「立浪様のお屋敷に、例の巫女が出入りしているようだな」

「は、はい……」

「なにをしている」

「それは……」

三日に一度は三人で屋敷にやってきて、殿の寝間に入り浸る。ときおり殿の吠える声が聞こえていた。

屋敷内では、殿が巫女に骨抜きにされているという噂で持ちきりだ。いや、屋敷内だけではないだろう。江戸の民みなが、噂しているだろう。

実際、寺社奉行による鳥居前の市の手入れはなくなった。そのことが、懐柔されたことを物語っている。寺社奉行が、享保の改革に逆らうように、鳥居前の市を見逃すなどありえない。

こうして御側御用取次が自ら立浪の家臣に接触してくるなど、異常事態だ。

「立浪はもう役に立たぬ。罷免したいのだが、民の反発を思えばそれもできぬ」

「罷免……」

「そこで、高畠、お主に直々に命じる」

「はいっ」

「望月千代の悪事を暴き、宗春の手下だという動かぬ証をつかむのだ」

「はいっ」

「これは上様の密命だと思ってよい」

「上様の……密命……」

辰之伸の躰が震える。

わしのような大検使に、上様が直々に密命をくださるとは。

久通が徳利を手にして、猪口を持て、と言う。はっ、と辰之伸はお猪口を手にした。

すると、久通が徳利の口を、お猪口に当ててくる。

かちかちと大きな音がした。手の震えが止まらなかった。

「おいっ」

と、久通が小春を呼ぶ。はあいっ、と小春がやってくる。

小春が緊張で青ざめた辰之伸を見て、笑顔を強張(こわば)らせた。

六

五つ半（午後九時頃）辰之伸は店を終えた小春とともに、玄妙神社に向かっていた。

雨乞(あまご)いのときから小春はすっかり望月千代に傾倒し、こうしてときおり、ふたりで玄妙神社にお参りするようになっていた。

「辰之伸様、お加減、大丈夫ですか」

と、小春が聞いてきた。

「えっ……」

「いえ、さっき、すごく顔が青かったから」

「今も青いかい」

と歩きつつ、辰之伸は小春に顔を寄せる。

「ううん。今は、大丈夫です」

「大きなお務めになりそうで、緊張していたんだよ」

「そうなんですね。よかったです。心配しました」

小春が笑顔を見せた。ほっとする笑顔だ。緊張が一気に解けたとたん、口吸いをしたくなった。

気がついたときには、口を唇に重ねていた。

「うっ……」

不意打ちで、小春は目をまるくさせたが、そのまま唇を委ねている。

「あっ、すまぬ……」

あわてて口を引いた。

「ううん……」

小春は真っ赤になって俯く。

玄妙神社の鳥居が見えてきた。もうすぐ町木戸が閉じる刻限であったが、ちらほら参拝者がいた。

境内に入ると、松明が焚かれていた。拝殿に入ると、ご神体の前にふたりの町人がいた。なにやら真剣に拝んでいる。左右に置かれた蝋燭の炎が揺れている。

ふたりが立ちあがった。小春が先に向かう。小春も真剣に拝んでいる。

辰之伸の心が痛む。望月千代はまがいものの巫女なのだ。色を使って次々と落とし、信仰者を増やしているだけだ。けれど、小春は信じている。

小春がご神体の前から離れた。辰之伸も拝む。

すると、ご神体の奥から望月千代が姿を見せた。

「あっ、千代様っ」

小春が目を見張っている。

「いつも、ご参拝なさっていますね」

小春を見つめ、千代が話しかける。とても澄んだ瞳だ。色香を使い、殿を落としたおなごとは思えない。まぐわっているのは千代ではなく、真由や佐和であろうが、千代もなにかしら殿に手を出しているはずだ。

辰之伸に乳を揉(も)ませたように……。

「ご神体を拝むと、心が落ち着きます」

「そうですか。私が特別に、あなたのことを視(み)てあげます」

と言って、千代が小春の手を取った。

「えっ……そんな……い、いいんですか……あの、おあしはないです」

「そんなものは、けっこうよ。いつもご神体を拝んでくださっているのが、なによりのおあしなの」

「ああ、千代様……」

千代に手を握られて、小春は躰を震わせている。

「目を閉じて」

と、千代が言う。はい、と小春は素直に目を閉じる。

すると、千代が辰之伸を見た。なにをするつもりなのだ、と辰之伸は案じるように千代を見る。

「あなたのお名は、小春さんね」

と、いきなり名を当てる。

「えっ、そ、そうですっ」

小春は驚き、千代を見つめる。

「どうして、わかるのですか」

「小春さんの手から、伝わってくるの。私は小春ですって」

「そ、そうなんですか……ああ、すごいです」

小春が同意を求めるように、辰之伸を見つめている。いんちきだとは言えない。名まで当てられて、小春はますます千代に傾倒している。大検使である辰之伸の連れとして、あらかじめ名を調べているだけだと言っても信じないだろう。むしろ、辰之伸が嫌われてしまう。

「さあ、目を閉じて、小春さん」

名を呼ばれ、小春はうれしそうだ。目を閉じる。

また千代が辰之伸を見る。どうしようかしら、という目で見つめている。

「小春さんが幸せになる方向が浮かびます」

「そ、それは、なんですか……」

「今、好きな人がいるでしょう」

と、千代が聞く。

辰之伸はどきりとした。小春が目を開き、辰之伸を見て、また閉じた。

「い、います……」

「その人とはまだ、結合していませんよね」

「け、結合……」

「まぐわいです」

「まぐ……わい……」

小春が真っ赤になる。

「どうかしら」

「し、していません……」

小春になにを吹きこむ気だ。なにをさせる気だ。

「それなら、するのです。それも今すぐ」

と言って、千代が辰之伸を見た。いったいどういうことだ。

「今すぐ、ですか」

小春が瞳を開き、千代を見て、そして辰之伸を見た。

「そう。あなたの思い人は、こちらのお武家様でしょう」

と、千代が聞く。

小春は真っ赤になりながら、はい、とうなずく。

すると、千代が辰之伸の手を取った。

「高畠辰之伸様」

と、名を呼ぶ。

小春は驚いたが、もちろん辰之伸は驚かない。すでに、高畠辰之伸だと知っている。乳さえ揉んでいる。

「辰之伸様はおなご知らずでいらっしゃいますね」

しっかりと手を握りながら、千代がそう言う。

小春が、そうなのですか、という目で見つめている。

「辰之伸様はとても真面目で気高い御方なのですね。愛するおなごとしかまぐわわないと決めていらっしゃるのでしょう」

と、千代が言う。

「そうであるな。好いたおなごとしかまぐわいたくない。それゆえ、この年までおなご知らずできている」

辰之伸は正直にそう言った。

「辰之伸様……」

と、小春が感動の眼差しを向けてくる。

「それで今、辰之伸様に好いたおなごはいらっしゃいますよね」

「いる」

小春を見つめ、辰之伸はうなずく。

「お名は」

「小春さんだ」

「ああ、辰之伸様」

小春がくらっとよろめいた。

「それではここで今、ご神体の前で、肉の契りを結ぶのです。それが、おふたりの幸せへの道です」

と、千代が言った。

「辰之伸様」

小春はその気になっている。ここで辰之伸に生娘の花を捧げる気になっている。これでよいのか。ここで千代に言われるまま、小春と肉の契りを結んでよいのか。

「さあ、小春さん、あなたのすべてを辰之伸様にお見せしなさい」

と、千代が言う。すると小春は、はい、と素直にうなずき、小袖の帯に手をかける。

「な、なにを、しているのだ……」

辰之伸が目を見張る前で、小春は小袖を脱いでいった。そして、肌襦袢の腰紐にも手をかける。

「小春さんっ」

「小春のすべてを見てください、辰之伸様」

と言うと、小春が肌襦袢を躰の曲線に沿って、下げていった。たわわな乳房があらわれる。千代に負けない見事なお椀形である。

小春はさらに腰巻も取っていった。

下腹の割れ目もあらわれた。

拝殿の中で、小春だけが一糸まとわぬ姿をさらした。

「きれいな躰」

そう言って、千代が小春の二の腕をすうっとなぞる。

「ああ……」

それだけで、小春がぴくっと裸体を動かす。その指先が二の腕から、乳房へと向かっていく。

「あ、ああ……千代様……」

千代のほっそりとした指が迫るなり、わずかに芽吹いていた右の乳首が、ぷくっととがりはじめた。

「乳首もきれいね」

そう言いながら、千代が指先で乳輪をなぞりはじめる。円を描くようになぞっていく。

「はあ、ああ……ああ……」

小春が裸体をひくひくさせつつ、右の乳首だけをとがらせ、辰之伸を見つめている。その瞳は妖しく潤んでいる。唇はずっと半開きだ。

小春の裸体から得も言えぬおなごの匂いが漂ってくる。

「辰之伸様も裸になってください」

乳輪のまわりをなぞりつつ、千代がそう言う。

「いや……わしは……」

「まさか、小春さんとの肉の契りを拒まれるのですか」

と、千代が驚いた表情を浮かべる。

小春も泣きそうな顔になる。

まずい。ここでまぐわわないと、小春とは終わりになる。それはいやだ。小春は嫁にしたいとさえ思っている大切なおなごなのだ。

しかし、千代の言いなりになって、小春の生娘の花をここで散らすのは悔しい。

これから、千代の裏の顔を暴かなくてはならないのだ。

「さあ、辰之伸様」

千代が小春の乳首をちょんと突いた。すると、

「はあっんっ」

と、小春が甘い声をあげて、白い裸体をがくがくと震わせる。

千代が小春の背後にまわった。両手を前にまわす。白衣の袖から露出させた腕の白さが眩しい。

目の前に、小春の裸体があるのに、千代の白い腕にどきりとしてしまう。

千代が辰之伸の前で小春の乳房をつかんだ。小春の乳は豊満で、千代の手のひらは小さい。だから、つかみきれずに、はみ出している。それがなんともそそる。

「はあっ、ああ……」

小春は千代に乳房をつかまれても、いやとは言わない。むしろ、うっとりとした表情を浮かべている。

「さあ、肉の契りを行うのです。それがふたりのためにいちばんよいことです」

そう言って、千代が小春のふたつの乳首をちょんと突いた。

第四章　色狂い

一

「あんっ」

と、小春の甘い喘ぎが拝殿に流れる。

千代はふたつの乳首を突きつづける。右の乳首はもちろん、左の乳首もぷくっとしこっていく。

「はあっ、あんっ、やんっ」

辰之伸の目の前で、小春の裸体がくねっている。くねらせているのは望月千代だ。しかも、ここはご神体の前なのだ。

信じられない光景である。

千代がまたふたつの乳房をつかむ。今度は手のひらで乳首を押しつぶすようにして、揉んでいく。

「あ、ああ……ああ……」

「小春さん、辰之伸様を見つめるのです」

と、千代が言う。小春は言われるまま、目を開いた。

小春の目を見て、どきりとした。いつの間にか、妖しく潤んでいた。おなごの色香を感じた。

入れたい。まぐわいたい、と辰之伸は思った。躰の奥から衝動が湧きあがってくる。

「小春さん、あなたからもおねがいするのよ」

と言って、千代がなにやら耳もとで囁く。

「ああ……辰之伸様……小春の……ああ、生娘の花を……ああ……散らしてください……おねがいします」

辰之伸を見つめる瞳がとろんとなっている。千代の息吹を裸体に感じて、躰を熱くさせているようだ。

実際、乳房が汗ばんでいた。蠟燭の炎を受けて、妖しく光っている。

辰之伸は着物の帯に手をかけた。着物を脱ぐと、下帯にも手をかける。

いや、ならん。ここで、千代の言いなりになってはならんっ。

いやしかし、小春がここまで誘っているのだ。ここで抱かないと、小春に恥をかかせてしまう。そこまで考えて、小春を裸にさせたのだろう。

好いたおなごの裸を前にして立ち去るなど、武士の恥だ。

千代が両手で小春の躰の曲線をなぞりつつ、しゃがんでいく。そして、指先を剝(む)き出しの割れ目に添えた。すると、

「辰之伸様、小春を辰之伸様のおなごにしてくださいませ」

と、小春が口にすると同時に、千代が割れ目を開いていった。

小春の花びらがあらわれた。蠟燭の炎を受けて、艶(なま)めかしく光っている。

「小春さんっ」

辰之伸は下帯を引き剝(は)いでいた。

勃起させた魔羅(まら)が弾(はじ)けるようにあらわれた。

「ああ、辰之伸様」

見事に勃起させた魔羅を見て、小春がうれしそうな表情を浮かべる。

小春さんっ、と辰之伸は魔羅を揺らし、小春の裸体に迫った。そして抱き寄せると、唇を奪った。

「うんっ、うっん、うんっ」

すぐに舌と舌をからめ、お互いの舌と唾を貪る。千代の前で、小春と口吸いをするのは、なぜか妙に昂った。

「小春さん、生娘の花を散らす魔羅に、ご挨拶するのです」

と、千代が言う。

小春は、はい、と素直にうなずき、辰之伸の足下にひざまずく。小春の鼻先で、魔羅が反り返っている。

「なんとたくましい魔羅……小春、うれしいです」

小春はうっとりと反り返りを見あげ、ちゅっと口づけてくる。

いきなり裏すじに舌腹を押しつけられ、辰之伸はうめく。それで感じる場所だとわかったのか、それともおなごの本能なのか、裏すじをぺろりぺろりと舐めあげてくる。

その様子をそばで、千代が見ている。

小春の舌が先端に向かう。そして、先端もぺろりと舐めてくる。

「うう……」

辰之伸は腰をくねらせる。好いたおなごの先っぽ舐めは、かなり感じた。やはり、佐和のときとは違う。

「根元から舐めあげるのです。小春さんの唾で、辰之伸様の魔羅をべとべとにするのです」

はい、と返事をして、小春が魔羅の根元に唇を寄せてくる。大きく舌を出すと、ぺろぺろと舐めあげてくる。反り返った胴体から鎌首まで舐めあげると、唇を根元まで下げて、また舐めあげていく。

それを何度も繰り返す。蠟燭の炎を受けた魔羅が、小春の唾で絖光る。

「ああ、咥えたいです。咥えていいですか」

と、小春は辰之伸にではなく、千代に聞く。

「まだいけません。今度はふぐりを咥えるのです」

と、千代があらたな指示を出す。

小春は素直に従う。ふぐりをぱくっと口に含んでくる。

「中の玉はとても繊細なの。優しく舌先でころがしてあげなさい」

と、千代が言う。ここは廓の中か。新入りへの口技の指導である。

小春は言われるまま、中の玉を舌先でころがしてくる。生まれてはじめてやっているに違いないが、舌加減が絶妙であった。おなごという生き物は、やはり、本能で男を喜ばせることができるのか。

気持ちよくて、鈴口より先走りの汁が出てきた。

小春は舌先で玉をころがしつつ、先走りの汁を見つめている。舐めたそうにしている。

「さあ、咥えてあげなさい」

千代のゆるしが出て、小春がふぐりから唇を離し、鎌首にしゃぶりついてきた。くびれまで咥え、じゅるっと吸ってくる。

「ううっ……」

辰之伸はうめいた。小春相手だと、鎌首を吸われただけでも声が出てしまう。

小春はそのまま、胴体も咥えてくる。小春の唇は小さく、辰之伸の魔羅は太い。

小春は苦しそうな表情を見せつつも、根元まで咥えこんできた。

「そのまま、強く吸いなさい」

うう、と小春は咥えたまま返事をして、吸いはじめる。

「ああ、ああ……小春さん……」

「吸いながら、辰之伸様を見あげるの。気持ちよいのですか、と目で問うのよ」

千代に言われ、小春は吸いつつ、見あげてくる。小春の目が、さらに色っぽくなっている。

たまらなかった。入れたい衝動が襲ってくる。

「小春っ」

と叫ぶと、辰之伸は小春をその場に押し倒した。

そして両足を開くと、股間に魔羅の先端を向けていく。

先端が割れ目に触れた。入れようとしたとき、

「なりませんっ」

と、千代が止めた。

辰之伸は構わず入れようとした。鎌首が割れ目の中にめりこんでいく。すると
小春が、

「痛いっ」

と、声をあげた。

「だから、なりません、と言ったのです」

千代に言われ、辰之伸は鎌首を引く。まだ、生娘の花は散らしていない。

「優しく舐めてあげてから入れないと、傷をつけてしまいます」

「す、すまぬ……」

と、辰之伸は小春に謝る。

「いいのです……ください、辰之伸様」

「だめ。私が舐めてあげます」

そう言うと、千代が辰之伸を押しのけ、小春の恥部に美貌を寄せていく。

「あっ、千代様っ、なにを……ああ、ああっ」

辰之伸が見ている前で、千代が小春の割れ目を舐めあげた。

「ああ、ああ……」

小春の裸体ががくがく震える。

千代は割れ目をくつろげると、桃色の花びらに舌を這わせていく。

「な、なにを……しているのだ……」

千代の舌が花びらを這うたびに、小春がぴくっと裸体を動かす。と同時に、大量の蜜があふれてくる。

ぴちゃぴちゃと淫らな舌音をさせて、千代が舐めつづける。

「あ、ああ……ああ……」

小春は完全に、千代の舌に身を委ねてしまっている。

千代が美貌を引きあげた。

「さあ、入れてあげてください、辰之伸様」

ここまでお膳立てされて、小春とひとつになったら、千代には頭が上がらなくなる。でも、もう入れるしかない。というか、入れたかった。小春の生娘の花を散らしたかった。

それ以外の選択肢は、今の辰之伸にはなかった。

千代に代わって、辰之伸が小春の股間に戻る。反り返ったまま、まったく衰えることのない魔羅の先端を、すでに閉じている小春の割れ目に当てていく。

二

「ああ、辰之伸様」

「参るぞ、小春」

「はい……」

辰之伸は鎌首を進めた。割れ目が開き、野太い鎌首を呑みこんでくる。

すぐに窮屈な穴に締めつけられる。そこをぐぐっと突くと、生娘の花を一気に散らした。

「あうっ、うう……」

小春が眉間に縦皺を刻ませる。

辰之伸は構わず魔羅を進めていく。小春の穴は窮屈すぎるくらい窮屈であったが、千代が蜜をあふれさせてくれたことで、傷をつけることなく、進めることができた。

「うう、うう……」

「痛むか」

「い、いいえ……痛みません……」

小春が瞳を開き、辰之伸を見あげる。その目に濃厚な色香を覚え、辰之伸は思わず射精しそうになった。

花を散らされた刹那、小春はおぼこからおなごになっていた。

おなごというものは恐ろしいものだ。これから望月千代の裏の顔を暴かなくてはならないが、わしごときにできるのだろうか。すでに今も、千代主導で小春と肉の契りを結んでいる。

「真に大丈夫であるか」

「はい……辰之伸様を躰の中で感じます……辰之伸様が小春の中に入っていると

思うと……ああ、痛みなど……うう……消えてしまいます」

潤んだ瞳で見あげつつ、小春がそう言う。

「ああ、小春」

「もっと、奥まで入れてください。遠慮なさらずに……ああ、もっと小春の奥まででください」

「わかった」

と言うと、辰之伸はさらに小春をえぐっていく。

「ううっ、い、痛い……」

「痛むか」

「ううん……ううん……痛みません……」

小春がもっとください、と瞳で訴えている。

「深く結合するのです、辰之伸様」

と、千代も言う。

辰之伸はより深く、小春の中に入っていく。

ついに先端が、小春の子宮に到達した。

「ううっ……」

いつの間にか、小春の裸体はあぶら汗まみれとなっていた。

小春の甘い匂いが拝殿に漂っている。

「繋がったまま、口吸いを。上の口と下の口で、繋がるのです」

と、千代が指示する。

千代の指示に従うように、辰之伸は深く突き入れたまま、上体を倒していった。ぶ厚い胸板で小春の乳房を押しつぶし、そして唇を重ねていく。

すると、小春のほうから舌をからめてくる。火の息を吹きかけつつ、ねちょねちょとからめてくる。

「ううっ」

辰之伸はうなる。

はやくも出しそうになる。はじめてのおなごなのだ。しかも、千代に見られている。

「そのまま出しなさい、辰之伸様」

と、千代が言う。辰之伸が出そうなのがわかっているのか。

「しかし……」

「ください。このまま、小春の中に辰之伸様の精汁をくださいませ」

火の息を吐きつつ、小春もそう言う。

「まだ、小春を感じさせてはおらぬ。わしだけ勝手に出すわけにはいかぬ」

「感じています。辰之伸様の魔羅が入ってきたときより、小春はずっと幸せの中にいます」

「ああ、小春っ」

じっとしているだけでも、気を抜けばすぐに果てそうだ。

「中に出すのです。出しなさいっ、辰之伸様っ」

「ください、小春の中にくださいっ」

千代と小春に求められ、辰之伸は抜き差しをはじめた。

「う、ううっ、裂けるっ」

「痛むかっ」

やめようとする前に、強烈に締めつけられた。

「おうっ」

辰之伸は吠えていた。吠えながら、射精していた。

「おう、おうっ」

拝殿に響きわたる雄叫びをあげて、辰之伸は小春の中に射精する。

「う、うう……」

小春の眉間の縦皺はより深くなっていたが、痛みだけの皺ではないように見えた。

脈動は続き、大量の精汁を小春の中に放った。

脈動が鎮まり、抜こうとすると、

「まだ、抜かないでください」

と、小春が言う。

「まだ、このままで」

わかった、と辰之伸は入れたまま、小春と抱き合う。小春が両腕を辰之伸の背中にまわしてきた。

乳房も押しつぶれ、一体となる。

小春の瞳から涙がひと雫流れていく。

「やはり、痛むのか」

「いいえ……うれし涙です……」

「うれし、涙か……」

辰之伸とまぐわい、精汁を子宮に受けて、うれし涙を流してくれるとは。

「小春、いっしょになろう」

辰之伸はそう言った。

「えっ……」

「わしの妻になってくれ」

射精したままの魔羅を女陰（ほと）に入れた状態で言う話ではなかったが、今すぐ思いを告げたかったのだ。

「な、なにをおっしゃっているのですか……」

小春が目を見開いた。

「前から、そう思っていたのだ」

「そ、そんな……」

「うれしくないか」

「いいえっ。うれしいですっ」

小春の女陰がくいっと締まる。

あらたな涙があふれてくる。

「ああ、小春」

辰之伸は頬（ほお）を伝う涙の雫を、思わず舐め取る。

「でも、あたいは……武家の嫁にはなれません」

「養子の先を探そう」

武士が町人と夫婦(めおと)になるときは、嫁になるおなごをどこかの武家の養子にして、それから嫁として迎えていた。珍しい話ではなかった。

「ああ、辰之伸様っ、小春のことをそんなに思っていてくださったなんて……幸せです」

女陰が猛烈に締まってくる。

「おうっ、小春っ」

たった今、出したばかりなのに、小春の中で辰之伸の魔羅が力を帯びはじめる。

「もう一度、突いてあげるのです、辰之伸様」

と、千代が言う。

「ああ、千代様、今のお話、聞いていてくださいましたよね」

強烈に締めつつ、小春が千代に問う。

「もちろん、聞きました。辰之伸様は素晴らしいお武家様です。輿入(こしい)れ、おめでとうございます」

と、千代が祝福する。

「ありがとうございますっ。ああ、辰之仲様っ」

小春はぼろぼろと涙を流していた。涙を流しつつ、万力のように魔羅を締めている。

「う、ううっ」

「突いてあげて、辰之仲様」

千代に指示され、辰之仲は動きはじめる。

たっぷりと出したままの精汁がほどよい潤滑油となっている。それゆえ、きつい女陰であったが、抜き差しができた。

「あ、ああっ……あああっ、小春の中で……ああ、どんどん……大きくなってきますっ」

「小春っ」

辰之仲は上体を起こし、突いていく。突くたびに、たわわな乳房がゆったりと前後に揺れる。

「辰之仲様っ」

小春がまた、口吸いを求めるような唇を見せる。

辰之仲はぐぐっと奥まで突き刺し、上体を倒すと、再び唇を重ねていく。

「う、ううっ」

火の息を吹きこみつつ、小春がしがみついてくる。両腕だけではなく、両足も辰之伸の腰にまわしてきた。完全に一体となった。

「このまま突いて、小春さんに気をやらせるのです、辰之伸様」

そばでずっと見守っている千代が、そう言う。

はじめてなのに、気をやるなど無理だと思った。

「躰を上げてください」

と、千代が言い、辰之伸が上体を起こすと、千代が手を伸ばし、揺れる小春の乳房をつかんでいった。

「ああっ」

その刹那、女陰が万力のように締まり、小春の裸体が震えはじめた。

千代はそのまま、小春の乳房を揉みはじめる。と同時に、美貌を寄せていき、耳もとで熱い息を吹きかける。

「いい、いい……ああ、いいっ」

小春がにわかに愉悦の声をあげた。

「激しく突いてください」

「よいのか」

「構いません」

と、千代が言う。

辰之伸は小春のよがり顔に煽られ、突きを激しくしていく。

「あ、ああ……ああ、変ですっ……ああ、小春、変ですっ」

「気をやりそうなのね、小春さん」

そう言うと、千代が小春の耳たぶを噛む。

「あうっ……」

小春が背中を反らせた。弓なりにさせたまま、小春自ら腰を動かしはじめる。

「おうっ、これはっ」

辰之伸の突きの動きに小春の動きも加わり、強烈な刺激を受ける。

小春のよがり顔もそそったが、千代の手で形を変える乳房もたまらない。しかも、千代は小春の耳たぶを舐めているのだ。

「あ、ああっ、変ですっ……あ、ああっ、小春、気をやります……ああ、いいですかっ、辰之伸様っ」

小春が瞳を開き、辰之伸を見つめる。

「よいぞ、よいぞ、小春」

「あ、ああっ、い、いく……」

小春の裸体が弓なりのまま、がくがくと痙攣した。女陰も痙攣し、辰之伸の魔羅を締めあげてきた。

「う、ううっ……」

魔羅への強烈な刺激と小春のいき顔を見て、辰之伸は再び中に射精させた。

小春が弓なりのまま、うめく。

「おう、おうっ」

またも雄叫びをあげつつ、辰之伸は射精する。さっき出したのがうそのように、大量の飛沫が噴き出す。

「い、いく……」

子宮に精汁を浴びて、小春が続けて気をやった。

「きれいないき顔」

と言って、千代が小春の頰に貼りついたほつれ毛を梳きあげる。

小春は、はあはあと荒い息を吐きつつ瞳を開いた。

「千代様……ありがとうございます」

　と、小春は千代に礼を言う。

「まだ、終わってはいませんよ、小春さん。あなたをおなごにしてくれた、辰之伸様の魔羅を清めるのです」

　二発出した魔羅がさすがに萎えてきて、小春の女陰に押し出されるように、大量の精汁とともに抜け出た。

　小春が気怠げに起きあがった。そして膝立ちのままの辰之伸の前で正座をすると、精汁まみれの魔羅に向かって、

「おなごにしてくださり、ありがとうございました」

　と、頭を下げた。

「あなたのお口でお清めするのよ」

　と、千代が指南して、小春が上気させた顔を寄せてくる。そして精汁まみれの魔羅の先端に、ちゅっとくちづけてきた。

「うう……」

　それだけで、辰之伸は腰を震わせる。

　小春は唇を開くと、萎えつつある魔羅の先端を咥えてきた。一気に根元まで呑みこんでいく。

「ああ、小春……ああ、汚いぞ」

小春は根元まで頬張ったまま、かぶりを振る。そして、じゅるっと唾を塗しつつ、吸いあげてくる。

「ううっ」

出したばかりの魔羅を吸われるのは、なんともくすぐったく、辰之伸は腰をくねらせる。

そのような姿を千代に見られていると思うと恥ずかしい。

千代の指南で小春と肉の結合を果たし、気までやらせることができた。千代には大いなる借りができてしまった。

小春が唇を引きあげた。大量の精汁が小春の唾に塗りかわっている。

「ああ、魔羅、魔羅……」

小春はすぐに、また魔羅を咥えてきた。

「うんっ、うっんっ」

小春が顔を上下させはじめる。

「あ、ああ……小春……」

辰之伸は腰をくねらせつづける。

「小春さん、これから毎日、辰之伸様の魔羅にお口でご奉仕するのです。常に、辰之伸様の魔羅に感謝を伝えるのです」

「わかりました」

小春は返事をすると、また咥えてくる。萎えつつあった魔羅は、はやくも七分まで勃起を取り戻していた。

静かな拝殿の中で、辰之伸のうめき声が流れつづけた。

気がつくと、千代の姿は消えていた。

三

翌日の昼間、辰之伸は玄妙神社に足を運んだ。相変わらずというか、以前にも増して、鳥居前の市(いち)はにぎわっていた。

ここだけ、享保の改革が行われていないように見える。

そうだ。ここだけ、尾張の宗春の治世となっている。通りを歩いている民の顔は、みな明るい。江戸市中のほかの場所で見かける暗い顔とは違う。

ここだけ別世界のように見え、ふと宗春の策のほうが正しいのでは、と思えてしまう。

「いかん、いかんっ」

これこそ宗春の思うつぼだと、辰之伸は通りで自らの頬をぱんぱんと張る。

鳥居を潜り、境内に入る。相変わらず、拝殿の前に参拝者の列ができている。以前来たときより、さらに列が長くなっている。

今日は千代に会いに来たのではない。ここの神職である玄庵に会いに来たのだ。

すると、拝殿の裏手から巫女が出てきた。真由であった。

「あら、辰之伸様」

と、いきなり名で呼ばれた。

「玄庵どのに会いたい」

「ちょうどよかったですわ。今、寝所でお休みです。朝からずっと、ご神体の前にいらっしゃいましたから」

どうぞ、と真由が寝所へと案内する。

「今日は、小春さんにしゃぶってもらっていますか」

と、真由が聞いてきた。

「えっ、あ、ああ……」

不意をつかれ、辰之伸は返事に詰まった。

「今日は、まだのようですね」

「会っておらぬのだ」

「そうですか」

千代から、すでに小春とまぐわったことを聞かされているようだ。

寝所に近寄ると、おなごのよがり声が聞こえてきた。佐和の声のようだ。

「どうぞ」

と、真由が寝所の戸を開く。すると、

「いい、魔羅いいっ」

と、佐和の声とともに、乱れ牡丹（背面座位）で繋がっている佐和と玄庵の姿が見えた。玄庵は惚けたような顔で、うしろより佐和の女陰を突きあげている。完全に色で惚けた顔になっている。そこには神に仕える顔は微塵もなくなっている。そんな玄庵を見て、殿である立浪政紀を思い出す。

立浪も、日ごとに顔から締まりがなくなってきている。三日に一度は望月千代たち三人の巫女が訪ね、寝間から立浪の吠える声が聞こえるらしい。

一刻もはやく、千代の裏の顔を表沙汰にしないと、我が藩自体が取り返しがつかないことになってしまう。辰之伸は御側御用取次の密命で動いていたが、我が藩のためにも、はやく結果が欲しかった。

「おう、おっ、出るっ」

と、玄庵が叫び、射精させた。佐和が、ううっ、とあごを反らせ、気をやったような表情を見せた。なんとも色香があふれるいき顔である。

見ているだけで、辰之伸は勃起させていた。

「玄庵どのに話がある。ちょっとはずしてくれないか」

寝所に入りつつ、辰之伸は佐和と真由にそう言った。

佐和が腰を引きあげる。女陰から魔羅が抜けて、ぱっくり開いたままの割れ目から、どろりと精汁が出る。

佐和は寝所から出ることなく、あぐらをかいている玄庵の股間に上気させた顔を埋(うず)める。辰之伸が見ている前で、精汁まみれの魔羅を舐めはじめる。

「佐和さん、はずしてくれないか」

「私は構いません」

と言って、玄庵の魔羅を舐めつづける。すると真由も板間に膝をつき、玄庵のあごをつまむと、唇を寄せていった。

大検使として訪ねている辰之伸が見ている前で、玄庵は真由と舌をからめ、佐和に魔羅を舐めさせている。

神職として失格である。これでは玄妙神社を神社として認めるわけにはいかない。

「玄庵どの、私は大検使としてここに来ているのだ。これはどういうことであるか」

玄庵は答えない。惚けた顔で真由と舌をからめ、佐和に魔羅についた精汁を清めさせている。

「玄庵どの、この神社をなくしてもよいのかっ」

真由が唇を引いた。玄庵は糸を引いた唾をじゅるっと吸い取ると、

「大検使様ともあられる御方が、ご神体の前で小春という生娘の花を散らしたそうですね。それはよいのですか」

千代から聞いているようだ。

「わしは神職ではない」

「そうですか。それでは瓦版に話してもよろしいですか」

「それは……好きにしろ。わしは神職ではないのだ。どこでまぐわろうと、構わ

ぬ」

「そういきり立たないでください。今日はまだ小春さんにしゃぶってもらっていないから、いらいらしているのですよ」

そう言いながら、真由が寄ってきた。顔を寄せると、辰之伸の口に唇を押しつけてきた。

なにをするっ、と押しやろうとしたが、その前にぬらりと舌を入れてきた。真由の舌はなんとも甘く、力が抜けていく。その間に佐和が着物の帯を解いていた。前をはだけると、下帯も脱がせようとする。

「うう、ううっ」

待てっ、と叫ぶも、うめき声にしかならない。

真由は次々と唾を注ぎこんでくる。飲んではならぬと思うが、嚥下してしまう。

その間に、下帯を取られた。

弾けるように、魔羅があらわれる。

「あら、こんなになさって。だから、いらいらしているのですわ。精汁を出しつづければ、穏やかになりますから」

と言うなり、佐和がしゃぶりついてきた。

「ううっ」

やめろっ、と腰を引くが、佐和は一気に根元まで咥えてきた。

真由が唾を流しこみつつ、両手で白衣を諸肌脱ぎにした。いきなり、たわわに実った乳房があらわれる。

唇を引くなり、辰之伸に息継ぎの余裕すら与えず、乳房を顔面に押しつけてきた。さっきまでは口吸い責めであったが、すぐに乳房責めになる。

「うう、ううっ」

やめろと声を出すが、うめき声にしかならない。その間も、佐和が魔羅を根元から鎌首まで吸いあげている。

「高畠様、おなごこそ、この世の極楽でしょう」

玄庵が話しかけてくる。

「おなごに溺れて暮らすのが、いちばんなのですよ」

「う、ううっ」

真由の豊満な乳房で窒息しそうだ。佐和が魔羅から唇を引いた。ほっとしたのも束の間、魔羅の先端にぬかるみを覚えた。まずい、と思ったときには魔羅は佐和の女陰に包まれていた。

「ううっ」

辰之伸にとって、ふたりめのおなごとなった。昨晩、小春相手に男になっていて、よかったと思った。そうでなかったら、佐和がはじめてのおなごとなるところであった。

「どうです、高畠様。おなごの乳と女陰には、ひれ伏すしかないでしょう。寺社奉行の立浪様もこちら側にいらっしゃったのです。高畠様もこちら側に来ませんか。楽しいですよ」

と、玄庵が言う。

わしは大検使である。このような淫らな神社を認めるわけにはいかないっ。

と、口にしようとしたが、実際は、

「う、ううっ」

といううめき声にしかならない。

佐和が繋がった股間をうねらせはじめる。

顔面は真由の乳房に埋もれたままだ。

「うう、ううっ」

やっと、真由が乳房を引いた。

辰之伸は、はあはあと荒い息を吐き、佐和の女陰から逃れるべく立ちあがろうとした。すると、真由が辰之伸の上半身を押してきた。細身だが、意外と力が強かった。

辰之伸は佐和と繋がったまま、寝所の板間に仰向けとなった。すると、真由が緋袴を脱いだ。　腰巻の類をつけておらず、いきなり下腹の割れ目があらわれた。

真由が辰之伸の顔面を跨いできた。

巫女が武士の顔を跨ぐなどありえないことであった。いや、そもそも寝所で大検使が巫女とまぐわっていること自体がありえなかった。

この状況を殿に見られたら、すぐに役を解かれるであろう。いや、色狂いの今の殿なら、よくやったと褒めてくださるかもしれぬ。

いや、なにをばかなことを考えている。

真由の割れ目が迫っていた。おなごの匂いを強く感じると同時に、ぬちゃりと顔面に真由の粘膜を感じた。

「やめろ……」

と叫ぶと、口もぬかるみで塞がれた。

と同時に、茶臼で繋がった形となった佐和が、腰を上下に動かしはじめた。

「うう、ううっ」

さきほどは乳で顔面を塞がれていたが、こたびは女陰で塞がれている。しかも、真由の花びらの匂いは、脳天と股間を直撃するものである。

「どうです、高畠様。この世の極楽でしょう」

玄庵が聞いてくる。ううっ、とうめき声がした。恐らく、佐和と口吸いをしているのであろう。

大検使と繋がっている巫女と神職が口吸いをして、唾を交換し合うなど、この世の終わりであった。

辰之伸はふと、このまま見逃したほうがよいのでは、と思った。

いや、ならんっ。わしは上様の下知を受けているのだ。ここで歩き巫女の色香に落ちたら、上様を裏切ることになる。宗春の軍門に下ったことになる。

ならん、ならんっ、と叫びつづけるが、

「ううっ」

といううめき声にしかならない。しかも、射精しそうになってきた。このまま射精したら、終わりである。玄庵にも強く出られなくなる。

出さぬぞ、わしはこれくらいで、出さぬぞっ。

辰之伸は肛門に力を入れて、踏ん張る。

が、昨晩、男になったばかりの辰之伸など、宗春が遣わした歩き巫女の相手ではなかった。

真由が股間を引きあげた。

「わしは出さぬぞっ。どれだけ魔羅に刺激を受けても、わしは負けぬぞっ」

「あら、そうですか」

と、佐和が言い、万力のように締めてきた。

「わしは出さぬっ」

辰之伸は顔面を真っ赤にさせて耐える。

「真由、高畠様の乳首を嚙んでさしあげなさい」

はい、と真由がそろりと胸板を撫でてきた。そして顔を寄せると、乳首を唇に含んでくる。

「やめろっ、やめろっ、そんなことをしても……わしは出さぬぞっ」

真由が乳首に歯を当ててきた。

そして、がりっと嚙んだ。

と同時に、佐和がさらに女陰を締めてきた。

「おう、おうっ」

辰之伸は雄叫びをあげていた。雄叫びをあげつつ大量の飛沫を佐和の中に放っていた。

四

四つ（午後十時頃）歩き巫女が千住宿に姿を見せた。同じ頃、内藤新宿にも姿を見せた。そして、品川宿にも姿を見せた。

みな、五人ひと組の集団で江戸に入ってきた。それぞれ別の神社に向かっていく。

千住宿から入ってきた歩き巫女の集団が、浅草のつぶれそうな神社に入っていく。内藤新宿から入ってきた歩き巫女の集団は、神楽坂のつぶれそうな神社に入っていく。

そして、品川宿から入ってきた歩き巫女の集団は、高輪のつぶれそうな神社に入っていく。

浅草の小高神社の寝所で、神職の松円は安酒を食らっていた。厠に行こうと、寝所の戸を開けた。

するると目の前に、白衣に緋袴をつけた巫女が立っていた。

「松円様でいらっしゃいますね」

「そ、そうだが……」

巫女はたいそう美形であった。背後に四人いる。

「巫女の麻紀と申します。この刻限に江戸に入りまして、休むところがありません。ひと晩だけ、泊めていただけないでしょうか」

「ああ、よろしいですぞ。五人ともなると手狭ですが、よろしいか」

「もちろんでございます」

ありがとうございます、と麻紀を先頭に、次々と巫女が入ってきた。みな、かなり汗をかいているようで、狭い寝所が瞬く間に、おなごたちの甘い匂いに包まれた。

「あの、井戸はございますか」

「はい」

「井戸をお借りしてよろしいですか。汗を拭きたくて」

と、麻紀が言う。

「もちろん。案内しましょう」

松円は寝所から出た。そばに井戸がある。

「これを使ってください」

そう言って立ち去ろうとしたが、すぐさま巫女たちが白衣を脱ぐのを見て、足が止まった。というか、動けなくなった。

次々と白い肌があらわれる。

巫女は白衣の下にはなにも身につけていなかった。それゆえ、いきなり、次々と乳があらわれる。

月が明るく、巫女たちの乳房を白く浮きあがらせる。

さらに緋袴も次々と脱いでいく。腰巻も身につけておらず、いきなり下腹の陰りや、割れ目、そして尻があらわになった。

全裸となってから、井戸に桶を放りこみ、汲みあげていく。

そして汲みあげた桶を傾け、麻紀がいきなり肩から水を流していった。

たわわな乳房やお腹、下腹の陰りや太腿が、水で洗われていく。

「ああ、気持ちよいわ。由美、次はあなたよ」

と、麻紀が言う。由美と呼ばれた巫女が桶を井戸に投げ、自ら汲みあげる。そして麻紀同様、肩から水を流していく。

「これをどうぞ、麻紀様」

と、別の巫女が石鹸(シャボン)を出す。

「泡立てて、菜々恵(ななえ)」

と、麻紀が言い、菜々恵と呼ばれた巫女が手のひらで泡立てる。そして、それを麻紀の乳房に塗していく。

「はあ、ああ……」

麻紀の乳房が泡まみれになると、由美が抱きついていった。

泡まみれの乳房と乳房が重なり合い、互いの乳首をなぎ倒していく。

「はあ、ああ……あんっ……」

ふたりの全裸の巫女は、乳房を押しつけているだけではなかった。剝き出しにさせた恥部と恥部もこすり合わせている。

「石鹸をおねがい」

と、麻紀が菜々恵に言う。菜々恵はあらたに手のひらに泡立てると、その場にしゃがんだ。すると恥部をこすり合わせていた麻紀と由美が、腰を引いた。

菜々恵が麻紀の恥部を泡立てていく。おさねをこすりあげているのか、

「はあっんっ」

と、麻紀が甘い喘ぎを洩らした。たっぷりと泡まみれにすると、すぐに由美が抱きついてきた。あらためて、恥部と恥部をこすり合う。

「菜々恵……ああ、あなたも……井戸水をいただきなさい」

火の息を吐きつつ、麻紀がそう言う。はい、と菜々恵が桶を井戸に投げこむ。そして汲みあげ、肩からかけていく。今度は菜々恵の裸体が水浸しとなる。

松円はそれらすべてを、じっと見ていた。

もう立ち去ることは無理だった。

「ゆず、珠美、あなたたちもいただきなさい」

と、麻紀が言い、さらにゆず、珠美が水を浴びる。

「松円様もいかがですか」

裸体を由美の裸体にこすりつけたまま、麻紀がこちらを見た。それが合図だったかのように、ほかの四人の巫女も松円に目を向ける。

五人の裸の巫女に、いっせいに見つめられて、松円はううっ、とうなっていた。

不覚にも射精させてしまったのだ。

「どうやら、汚されたようね、菜々恵、ゆず、珠美、洗ってさしあげなさい」

と、麻紀が言う。はい、と三人の巫女が六つの乳房を揺らしながら松円に寄ってくる。

もしやこれは、夢なのでは。わしはもう酔って眠ってしまって、巫女の淫らな夢を見ているのではないのか。夢なら夢でもよい。できれば覚めないでほしい。

ここ数年で氏子(うじこ)が一気に減ってしまい、食うや食わずの日々であった。酒ももちろん安酒しか飲めず、かなりの悪酔いをしている気がしたが、こんな悪酔いなら、ずっとしていたい。

裸の巫女たちが、松円に手を伸ばしてきた。寝巻を脱がされ、褌(ふんどし)も脱がされる。射精したことがばれてしまうと思ったが、巫女たちはなにも言わず、こちらへ、と井戸へと連れていく。

そして菜々恵が井戸から水を汲むなり、松円の躰にかけてきた。そして石鹸で泡立てると乳房に塗し、松円に抱きついてきた。

「ううっ、これは……」

乳房で胸板をこすられ、松円はうめく。すると、背後からゆずが抱きついてきた。こちらの乳房にも石鹸の泡が塗されていた。

前後を裸の巫女に挟まれ、刺激を受ける。精汁を出したばかりの魔羅がぐぐっと力を帯びてくる。

「あ、ああっ、ああっ」

ずっと由美と抱き合っている麻紀が、よがり声をあげる。

たわわな乳房と乳房がお互いをつぶし合っている。

麻紀のよがり声を耳にしたとたん、完全に勃起させた。

「菜々恵、女陰で洗ってさしあげなさい」

と、麻紀が言う。

「松円様、私の女陰で、魔羅を洗ってもよろしいでしょうか」

乳房を薄い胸板にぐりぐりと押しつけつつ、菜々恵が聞いてくる。

「あ、洗ってくれ……女陰で、洗ってくれっ」

「わかりました」

と、菜々恵が魔羅をつかむと、おのが割れ目に導いていく。

先端が熱い粘膜に包まれた。

「おうっ」

それだけでも、松円はうめく。ずぶずぶと、魔羅がおなごの中に入っていく。

「ああ、たくましいです、松円様」

奥まで入れると、菜々恵が眉間に縦皺を刻ませ、火の息を洩らす。

何年ぶりの女陰だろうか。十年は過ぎているだろう。ああ、女陰とはこういうものだったか。

「ああ、動かしますね」

と言うと、菜々恵が腰を前後に動かしはじめる。

「おう、これは……」

ただ繋がっているだけではない。正面からだけではなく、背後からも乳房を押しつけられ、しかも下腹の茂みを松円の尻にこすりつけている。

「たまらんっ、たまらんぞっ」

松円のほうから突きはじめる。すると、さっと菜々恵が腰を引いた。魔羅がおなごのぬかるみから抜ける。

「どうしたのだ」

突いたのがいけなかったのか。あくまでもこれは、魔羅を洗うという行為なのか。穴から抜け出た魔羅が、寂しそうにひくついている。先端からつけ根まで巫女の蜜でぬらぬらだ。

麻紀が由美から離れた。松円の前に立つと、先端を手のひらで包んだ。

「ううっ……」

それだけでも、射精しそうになる。

「松円様にご相談があります」

「この神社が欲しいのだろうっ。おまえたちは、望月千代の仲間なのだろう」

「はい」

「くれてやるぞっ。待っていたのだっ。玄妙神社の玄庵がうらやましくて仕方がなかったのだ」

玄妙神社に歩き巫女があらわれ、乗っ取られた話は聞いていた。連日、参拝者が増え、賽銭箱(さいせんばこ)はすぐに満杯になるという。なによりも歩き巫女とまぐわい、玄庵は色惚(いろぼ)けになっていると聞いていた。

玄妙神社も、この小高神社同様、朽(く)ちかけていたのだ。

「わかりました。では、いただきますわ。どの穴に入れたいですか」

と、麻紀が先端を撫でつつ聞いてくる。

「ど、どの穴とは……」

「お好きな穴に入れてください」

麻紀は先端を撫でつづけている。出そうになっている。手などに出したくない。ここに出してもよい穴が五つもあるのだ。

「では、麻紀さんの女陰、よいですか」

と、松円が聞いた。神職でありながら、声が震えていた。

「もちろんです、松円様」

麻紀が鎌首を包み、ひねりを加えるようにして手のひらを動かした。

その刹那、松円は吠えていた。

「おう、おうっ」

と吠えつつ、目の前に入れる穴が五つもあるというのに、巫女の手のひらに暴発させていた。

凄まじい勢いで精汁が噴き出し、麻紀の手を汚していく。さらに鎌首をひねりつつ、精汁が噴き出す先端を撫でてくる。

松円は射精を続けた。この十年以上、たまりにたまった鬱憤を精汁とともに、放ちつづけた。手のひらとはいえ、おなごに放っていると、とても解放された気分になった。

ようやく脈動が鎮まった。

「ああ、手などに出してしまい、すまない」

「いいえ。巫女たちが清めてくれますから」

麻紀がそう言うと、精汁を垂らしている麻紀の手に、菜々恵やゆずがしゃぶりついた。

うんうん、うめきつつ、おいしそうに、松円の精汁を舐め取っていく。

菜々恵もゆずも、麻紀の指一本一本を咥えて、つけ根から吸っていく。

なんて淫らなのだ。五人とも真に巫女なのだろうか。歩き巫女は普通の巫女とは違い、旅している途中で春を売っているとは聞いていたが、これほどまでに、色に長けているとは。

これなら、玄庵もすぐに落ちたのはうなずける。

横から魔羅をつかまれた。由美であった。ゆっくりとしごいている。

菜々恵とゆずが麻紀の手のひらから精汁を舐め取ったときには、松円の魔羅は力を取り戻していた。

「ああ、なんとたくましい魔羅だこと」

そう言うと、麻紀が松円の足下にひざまずいた。

「これから、よろしくおねがいします」

と言うと、ちゅっと先端にくちづけてくる。

「ううっ」

たったそれだけで、松円は腰を震わせる。

麻紀が唇を開き、舌をのぞかせ、鎌首に這わせてくる。

「ああっ、麻紀さんっ……ああっ」

先端を舐められただけで、松円の躰は痺れる。

右手からゆずが、左手から珠美が、松円の胸もとに顔を寄せてくる。ふたりとも大きく舌を出すと、それぞれ左右の乳首をぺろりと舐めてくる。

「ああっ……これはなんだっ」

麻紀が先端を咥えてきた。一気に根元まで咥えてくる。

「ああ、ああっ……」

松円はおなごのような声をあげて、腰を震わせる。

ここはこの世の極楽か。まさか我が神社の寝所に、極楽があったとは。

「うんっ、うっんっ、うんっ」

麻紀が強く吸ってくる。

「あ、ああ……」

松円は腰をくねらせつづける。

「どのような形で、私の穴にお入れになりますか、松円様」

魔羅から唇を引きあげ、麻紀が松円を見あげつつ、妖しく潤ませた瞳で聞いてくる。

このおなごたちは真に巫女なのか。

「か、形か……」

考えたこともなかった。

「前から、うしろから……立ったまま……」

「前、うしろ……立ったまま……なんてことだ」

松円はまぐわいとなると、本手（ほんて）しか知らない。

「では、立ったまま、うしろからお入れください」

そう言うと、麻紀が立ちあがり、寝所の戸に両手をついた。松円に、ぷりっと張った双臀（そうでん）を向けてくる。

「ああ、尻……尻……」

さっきまで揺れる十の乳に引きつけられていたが、巫女の尻も素晴らしい曲線を描いている。

松円は麻紀の尻たぼをそろりと撫でる。その間も、ゆずと珠美が松円の乳首を吸っている。当然、魔羅は天を衝いたままだ。

「ああ、松円様の魔羅を……ああ、麻紀の穴にください……麻紀の穴を塞いでください」

「よし。塞いでやる」

松円は尻たぼをつかむと、立ったまま尻から魔羅を突き刺していった。

五

「おう、おうっ」

高輪の海松神社の神主が吠えながら射精した。巫女の穴にどくどくと精汁が注がれる。

神主の一圭は巫女のひとりに出しながら、ほかの巫女の股間を見る。左右にふたつずつの割れ目があった。

今は、真ん中の巫女の穴に出していた。五つの穴、すべてに出すことで、海松神社を譲ると約束したのだ。

まだ、あと四つの穴がある。

たっぷり出すと、真ん中の穴から魔羅を抜く。あと四つ入れなければ、と思うと、萎えている暇はない。興奮状態は続いていて、一圭は右端の割れ目へと移動する。

「割れ目を開け」

と、巫女に命じる。すると巫女は素直に割れ目に指を添え、自ら開いてみせる。

すると、桃色の花びらがあらわれる。

「ああっ、たまらんっ」

と、一圭は魔羅を入れる前に、顔面を花びらにこすりつけていく。

うんうん、うなりつつ、巫女の女陰の匂いを嗅ぐ。すると、出したばかりの魔羅が鋼のようになった。顔を上げると、すぐさまふたつめの穴にぶちこんでいく。

「あ、ああっ、藤庵様っ」

神楽坂の藤次神社の拝殿に、巫女のよがり声が流れている。

「おう、おうっ」

藤次神社の神主の藤庵は、裸の巫女をうしろ取りで突いている。

突いている巫女の左右には、四つん這いの巫女が並んで、藤庵に入れられるのを待っている。みな、生まれたままの姿だ。藤庵も裸である。

「あ、ああ、気をやりそうですっ」

と、巫女が舌足らずな声をあげる。

「よいぞ、気をやれ」

五人の巫女の穴にすべて入れることを条件に、藤庵はこの朽ちかけた神社を譲ることを承諾していた。

この寂れきった神社になんの未練もない。ここが、あの玄妙神社のように巫女によって栄えてくれればそれでよし。

「ああ、藤庵様も……ああ、ごいっしょに、出してくださいませっ」

「いや、わしはまだまだだ」

五つの穴に入れるのだ。最初の穴ですぐに出してはもたぬ。

「くださいませっ、藤庵様の精汁をっ」

と、巫女が強烈に締めてきた。すると、藤庵はひとたまりもなく果てた。

「おうっ」

どくどくと射精すると、

「い、いくっ」

と、巫女が締めつつ、いまわの声をあげた。

藤庵はとめどなく射精を続けた。極上の射精であった。ふぐりから吸いあげられるような吸引力であった。

一発目を出しても、藤庵の魔羅は萎えなかった。正面の穴から魔羅を抜くと、すぐさま右の尻に向けた。

尻たぼを開き、精汁まみれの魔羅を突き刺していく。

「ああっ、藤庵様っ」

と、ふたりめの巫女もすぐさま歓喜の声をあげた。

ずぶずぶと突きながら藤庵は万能感を得ていた。

第五章　地下室

一

江戸城。中奥、中庭。

吉宗は四阿（あずまや）に立つと、

「鳶（とび）」

と、口にした。すると目の前に、お庭番がすうっとあらわれた。

吉宗が紀州（きしゅう）より連れてきたお庭番である。

「望月千代を捕らえろ」

そう言うと、はっ、と返事をして、鳶は吉宗の前から消えた。

一刻後、鳶は玄妙神社にいた。拝殿の前には、恐ろしい列ができている。町人のなりをした鳶は、列の最後尾に立った。

そして、ふた刻（四時間）後、日暮れ近くに、ようやく拝殿の中に入った。甘い匂いが鼻孔をくすぐってきた。巫女が待っていた。真由という若い巫女だ。

「千代様にお会いになりたいのでしょうか」

と聞いてきた。

「おねがいします」

「では、ここに御心を」

と、小皿を指さす。

鳶は懐から一朱金を一枚出して、小皿に置いた。十六枚で一両である。町人にしてはなかなかの大金ではあった。

「では、こちらへ」

と、奥へと案内された。

「この戸を開いてください」

と言って、真由が立ち去った。鳶は戸を開いた。すると、甘い匂いが躰を包んでくる。

薄暗い部屋であった。四畳半ほどか。正面に台があり、巫女らしき白衣に緋袴をつけたおなごが座していた。

「千代様ですか」

はい、と返事をして、

「手を出してください」

と、おなごが言った。

鳶はおなごに向けて手を差し出した。おなごが手のひらに自らの手を重ねてくる。

このおなごは千代ではない、と思った。

鳶は手のひらを強く握り、引き寄せた。

「あっ、なにをなさいますっ」

台を降りたおなごが声をあげる。

鳶はおなごの口を手のひらで塞ぎ、

「千代ではないな」

と、耳もとで問うた。

「うう、ううっ」

おなごは千代です、と訴えている。千代であれば、このようにあっさりと鳶の手の中に落ちることはない。こうして手のひらで口を塞がれていることが、望月千代ではない、なりよりの証だ。

「千代はどこにいる」

「うう、ううっ」

おなごはうめきつづける。

鳶は手のひらで口を覆ったまま、左手を鳩尾にめりこませた。うぐっ、と一撃で気を失った。

鳶はおなごを寝かすと、台の奥をのぞいた。戸があった。そこを押すと、開く。小さな通路が見えた。鳶は通路に入った。

殺気を背後に感じた刹那、手刀をうなじに打たれた。

「ううっ」

一発で、鳶は膝を折っていた。

そして無防備なうなじに、二発目を受けた。

かすかに甘い薫りを嗅いだ。これが望月千代だと思ったときには、意識を失っていた。

腕に痛みを覚え、鳶は目を覚ました。

両腕を吊りあげられ、手首を縛られていた。しかも、裸であった。魔羅も出している。

正面に望月千代が立っていた。見てすぐに、望月千代だとわかった。

「一朱金のような端金で、私に会えると思ったのかしら」

千代が手を出し、胸板をすうっとなぞってきた。それだけで、鳶の躰に刺激が走った。

千代は乳首を撫でてきた。

「うう……」

不覚にも、声を洩らしてしまう。

「あら、乳首、好きなのかしら」

乳首を撫でられてすぐに、鳶は勃起させていた。

「はやいわね」

千代が魔羅をつかんできた。ぐいっとしごいてくる。

「ううっ……」

鳶は紀州一の忍びであった。吉宗とともに江戸に出て、お庭番を務めていたが、誰よりも優れている忍びという自負があった。もちろん、おなごの色責めなど、まったく動じない自信があった。

それがどうだろう。千代に乳首を撫でられただけで、うめき声を洩らし、あっけなく勃起させてしまっている。

魔羅はなにより、心をあらわしている。千代が捕らえた鳶を裸にしたのも、魔羅の動きを見るためだろう。

魔羅は忍びにとって、最大の弱点である。そこをはやくもつかれていた。

千代が唾を垂らしてきた。先端に唾が垂れる。

「あうっ……」

それだけで、また声を出してしまう。先端が敏感になっていた。

さらに唾を垂らし、先端をべとべとにするなり、千代が手のひらで包んできた。ひねりを加えつつ、なでなでしてくる。

「ううっ……」

鳶は吊られた躰をくねらせていた。気持ちよかった。先端がとろけそうだ。

「あなた、お庭番でしょう」

「知らん……」

「あら、そう」

千代が右手で鎌首を撫でつつ、左手で乳首を摘まんできた。軽くひねってくる。

「あう……」

快感が躰を走る。鳶はさらに吊られた躰をくねらせてしまう。

「吉宗の命でここに来たのでしょう。そうねえ。望月千代を捕らえてこい、とでも言われたのかしら」

鎌首を撫でまわし、乳首をひねりつつ、千代がそう聞いてくる。

図星だった。

「なんの話だ」

「享保の改革、どう思うかしら」

「上様がなさることだ。間違いはない」

「そうかしら。今、あちこちの鳥居前の市がとてもにぎわっているの。知っているでしょう。あれはねえ、宗春様のお考えなのよ」

千代が、宗春、と口にした。

「宗春とは、尾張の宗春のことだな」

食いつくと、お庭番だとわかってしまうが、食いつかずにはいられない。

「そうよ。尾張は質素倹約ではなくて、どんどんお金を使う政をしているの。宗春様のおかげで、尾張はとても活気があるの。今も歩き巫女が中に入った神社の鳥居前は、にぎわっているわ」

乳首をひねっていた手を放した。そして、腋の下をなぞってくる。

「うう……」

不意をつかれ、またも、うなってしまう。

千代はそのまま鳶の躰の線に沿って、左手を下げていく。右手では、鎌首を包んだままでいる。

「おまえは宗春がよこした歩き巫女だな」

「そうよ」

と、千代があっさりと認めた。

鳶はこの場で殺されると思った。なんとしても生きてここから出なくては。

「安心して、殺さないから」

左手でふぐりをつかんだ。ぐっと絞る。

「うぐぐっ」

今までと違い、激痛が走った。

ふぐりは絞っていたが、鎌首はなぞったままだ。

激痛と快感が鳶を襲う。

そんななか、もうひとり巫女が入ってきた。

「佐和、尻の穴をいじってあげて」

と、千代が言う。はい、と返事をした佐和が激痛と快感で悶えている鳶の背後にまわる。そして、そろりと尻たぼを撫でてきた。

「ああ……」

それだけで、また声をあげてしまう。

千代がふぐりから手を引くと同時に、佐和が肛門をなぞってきた。

「や、やめろ……」

「あら、魔羅がひくひくしているわ」

鎌首から手を引いた千代が、今度は裏すじをなぞってくる。

「あなた、お庭番でしょう。名はなんというのかしら」

「知らぬ……」

「佐和、肛門を喜ばせてあげて」

と、千代が言うと、佐和が指を一本、肛門に入れてきた。

「ううっ……」

痛みが走り、鳶は吊られた裸体を震わせる。

が、魔羅がひとまわり太くなった。

「肛門、感じるでしょう」

千代が魔羅をつかんできた。ぐいぐいしごきはじめる。それに合わせるように、
佐和も尻の穴を指でいじる。

「う、ううっ……ううっ……」

はやくも肛門の痛みは消えていた。前とうしろで快感の炎が噴きあがる。

「あ、ああ、やめろっ。しごくなっ」

「あら、もう出そうなのかしら。はやいわね」

と言いつつ、さらにしごきながら、左手でふぐりを包んだ。さっきのように、
絞ってくれ、と鳶は思った。痛みで射精しそうな欲求が消えると思ったからだ。

が、千代は右手でしごきつつ、左手でふぐりを優しくいじりはじめたのだ。

左の手のひらで包みつつ、中指で中の玉を優しくころがしはじめる。それが絶
妙だった。

「やめろ、ああ、ああっ……」

はやくも、鳶は一発目を放っていた。

宙に向かって噴き出し、千代の白衣を汚していく。千代は避けることなく、受けつづける。汚されつづける。

射精している間も、千代は魔羅をしごきつづけ、佐和は肛門をいじりつづける。それゆえか、なかなか射精が鎮まらない。どんどん噴射を続けた。

ようやく鎮まると、佐和が正面にまわってきた。そして、萎えつつある魔羅にしゃぶりついてきた。

「あうっ、うう……」

すぐに大きくさせるつもりだ、と思った。目覚めたとき、吊られていることに気づいたときは、拷問されると思ったが、色責めだとは……。

千代が背後にまわり、尻たぼをそろりと撫でてきた。そして、耳もとに口を寄せると、

「私を汚すなんて、たいしたものね」

と言って、耳たぶをぺろりと舐めてきた。

鳶は瞬時に勃起させていた。佐和が、ううっ、とうめき、唇を引く。

「あら、素敵ね」

千代が正面にまわってきた。反り返った魔羅をつかむと、すぐにしごきはじめた。佐和が背後にまわり、肛門に指を入れてくる。

「やめろっ」

鳶は叫びながら、はやくも腰をくなくなさせていた。

二

辰之伸は今宵も、飯屋の仕事を終えた小春と玄妙神社に来ていた。

拝殿で小春とまぐわい、お互い男とおなごになってからは、毎晩、拝みに来ていた。

拝殿に入り、ご神体である大きな玉に向かって拝んでいると、男の雄叫びがかすかに聞こえた。かなり大声で吠えているようであった。それゆえ、拝殿にもかすかに届いていた。

これは……色責めを受けている声なのでは……。

今宵は真由だけが、ご神体のそばにいた。

「千代様は」

と、辰之伸は聞いた。

「千代様は今宵は御用がおありです」

「そうですか」

また、おうっ、と雄叫びが聞こえた。それは、辰之伸に伝えているような気がした。もしや、吉宗方の人間が捕らえられ、色拷問を受けているのではないのか。

「やらなければならない仕事を思い出しました。鳥居まで歩き、行きましょう、と小春とともに拝殿を出た。今宵はここで」

と言うと、わかりました、と小春がうなずく。じっと辰之伸を見あげている。うなずくが、背中を向けようとはしない。口吸いを待っているのだ、と思い、胸が熱くなる。

「小春さん」

と、辰之伸は鳥居の前で小春の細い躰を抱きしめる。

「あっ……」

小春は驚いた顔をしたが、抱かれるままに委ねている。

「小春さんは、わしが守るから。ずっと守って、ずっと幸せにするから」

「どうなさったのですか、辰之伸様」

「守るから」

と、何度も言うと、小春の頰に口を押しつけた。

が、すぐに物足りなくなり、鳥居の前で小春の唇に口を重ねた。すると、待っていたように小春が強くしがみつき、舌を入れてきた。

月明かりを受けながら、お互いの舌を貪り合う。

このまま、どこかふたりきりになれる場所を探して、まぐわいたかった。が、誰かが捕らえられているのなら、助けなければならない。辰之伸自身、御側御用取次の加納様から下知を受けている身なのだ。

助けることが、小春を守ることにも繫がるはずだ。

辰之伸は口を引くと、また明日、と行って、小春に背を向けた。往来から脇道へと入ると、往来をのぞいた。小春の姿が遠くなっていく。

完全に視界から消えるのを待って往来に出ると、鳥居へと走った。中に入ると、拝殿へと向かう。参拝者はほぼなくなり、境内は静かになっている。

辰之伸は拝殿の脇から裏手へとまわった。耳を澄ますと、また、おうっと雄叫びが聞こえた。拝殿のそばには寝所がある。明かりは洩れていない。

どこだ。どこから声をあげているのだ。

雄叫びがやんだ。恐らく射精したのだろう。この射精は何発目であろうか。

辰之伸は寝所の裏手にまわった。すると、人の気配を感じた。

辰之伸は躰を寝所の逆側に隠した。そっとのぞく。裏手の地面が開いた。そして、中から佐和と千代が出てきた。あれは地下への入口のようだ。

千代の白衣の正面には、べったりと大量の精汁がからんでいた。かなりの量を出しているようだ。

ふたりは寝所の裏の戸を開き、中に入っていった。

辰之伸はしばらく様子を見て、変化がないのを見ると裏手に出た。地下へと続く戸を引きあげる。階段があった。

辰之伸は階段に足を向けると、戸を閉じた。とたんに、精汁の臭いがした。階段を降りていくと、小部屋があった。

裸の男が吊られていた。あぶら汗にまみれ、男は白目を剝いていた。足下には、大量の精汁が撒き散らされていた。千代にも大量にぶっかけ、床にも大量に出していて、出しすぎて気を失ったのかもしれない。

男の躰は鍛え抜かれていた。恐らく忍びであろう。

辰之伸は近寄ると、

「もし」

と、声をかけた。返事はなかった。今度は頬を張る。それでも目を覚まさない。息はしている。

辰之伸は吊りあげられている男の両手首に巻かれた縄を解いていく。縄を解くなり、男は床に崩れていった。

ようやく目を覚ました。

「ああ、もうよい……もうゆるしてくれっ……もう出したくないっ」

辰之伸を見るなり、そう叫んだ。

辰之伸は男の肩をつかみ、

「わしは千代ではないっ」

と、声をかけるが、

「もう勃たないっ。もう勃たないんだっ。出さないぞっ。もう、わしは出さないぞっ」

と、かぶりを振りつづける。

辰之伸は男の頬をぱんぱんっと張った。それでやっと我に返った。

「あっ、おぬしは」

「大検使の高畠辰之伸と申す。御側御用取次の加納様より、望月千代が尾張の宗春と繫がっている証を見つけてこいと下知を受けております」

「証はあるぞっ、高畠どのっ」

と、男が言う。

「望月千代自ら、認めたわいっ」

「自ら……ということは……」

「そうだ。ここから出られない」

「すぐに出ましょう」

辰之伸は男の腕を取り、立ちあがらせようとする。が、男は腰をふらつかせ、足下もおぼつかない。

「何発、出されたのですか」

「十発、いや二十発……もうそこから記憶がない」

「に、二十発……そんなに出るものなのですか」

「望月千代は夜叉だ。ふぐりが空になっても、さらに吸いつくしてくる」

「手を肩に」

男が躰を辰之伸に預けてくる。

「わしは、鳶だ」

「鳶……」

「それしか名はない」

紀州からのお庭番であろう。忍びの精鋭を捕らえ、色責めにしているのだ。望月千代たちも、かなりの遣い手である。

小部屋から出ようとするが、鳶の足が動かない。どうにか階段を上がっていると、白い足が視界に入った。

「あら、二本に増えているわね」

千代であった。精汁まみれの白衣と緋袴を脱いでいた。

千代の裸体を見あげる形となり、その神々しいばかりの清廉な美しさに、思わず見惚れた。

千代が階段を降りてくる。すうっと通った割れ目が迫ってくる。

「こ、これは……なんと……」

鳶がうなっている。そして、ううっ、とつらそうにうなった。見ると、勃起させていた。二十発も出しているのに、千代の割れ目を見て、すぐに大きくさせて、うめいているのだ。

「高畠様、あなたは私たちの味方になったと思っていたのに、残念ですね」

辰之伸は千代の前で小春と肉の契りを結んでいる。千代のおかげで、小春と結ばれたのは確かだ。実際、小春は千代にますます心酔している。

が、辰之伸は違う。藩に仕える家臣だ。将軍も裏切ることはない。例え、小春と別れることになっても……。

千代が階段を降りてくる。割れ目が迫ってくる。

辰之伸も鳶も千代の割れ目から目を離せないでいた。まったく躰が動かない。

千代が地下に降りた。

「寝なさい」

と、辰之伸と鳶に向かって、澄んだ声で命じる。

裸の千代は白衣姿より、もっと高貴で威厳に満ちていた。

豊満な乳房は見事なお椀形で、やや芽吹いた乳首は清廉な桃色である。下腹に陰りはなく、割れ目は剥き出しだ。肌は抜けるように白く、そこから甘い体臭が醸し出されている。

大量の精汁の臭いでむせんばかりだったのが、千代があらわれてから、甘い匂いに変わりつつある。それがまた、鳶の勃起を促している。

当然、辰之伸も勃起させていた。白い足を目にした刹那に、鋼のようになっていた。

「さあ、仰向けになるのよ」

と、精汁だらけの板間を指さす。その間もどんどん割れ目が迫ってくる。

「うう……」

鳶がつらそうにうめく。

「どうしたのですか」

「勃起して、痛いのだ」

鳶はあらたなあぶら汗をかきはじめている。

「はやく寝なさい」

ついに、千代が板間に降りた。辰之伸も鳶もその場から動けずにいた。

「言うことが聞けないのかしら」

千代が右膝を繰り出した。鳶のふぐりを直撃し、ぐえっ、とうめくと白目を剝き、その場に崩れていった。

「鳶どのっ」

鳶は泡を吹いていた。精鋭のお庭番が、千代に手玉に取られている。

「高畠様、裸になって、仰向けになるのです」

と、千代が言う。

「おまえ、宗春の手下だと認めたそうだな」

「あら、そんなこと言ったかしら。このお庭番の妄想でしょう」

「わしはおまえを捕らえて、上様に差し出すっ」

そう言うと、千代が、あはは、と笑った。

辰之伸は腰から大刀を抜くと、千代の美貌に向かって突きつけた。

「さあ、上がれ」

そう命じると、千代は素直に階段を上がりはじめた。

三

千代があっさりと刃を受けて、素直に従う。いやな予感がした。

階段を上がるとき、一歩足を上げるたびに、ぷりっと張った尻たぼが誘うようにうねる。

辰之伸はずっと勃起させている。

階段を上がりきると、地上に出た。すると辰之伸の視界に、小春の姿が飛びこんできた。

「辰之伸様っ、なにをなさっているのですかっ」

千代の裸体に刃を向けている辰之伸を見て、小春が目をまるくさせている。

小春の左右に、佐和と真由が立っていた。ふたりとも白衣に緋袴姿だ。千代だけが生まれたままの姿でいる。

それでいて、千代がいちばん高貴で清廉に見えている。

「こやつは、尾張の宗春がよこした忍びだっ。享保の改革を乱すために、江戸の民を操っているのだっ」

「なにをおっしゃっているのですか、辰之伸様」

小春は信じられないといった顔で辰之伸を見つめている。

「これは真のことだっ。江戸に入ってきた歩き巫女はすべて宗春の忍びだっ」

「辰之伸様っ、どうなさったのですかっ」

「高畠様は、私とまぐわいたくて、このような暴挙に出ているのです」

と、千代が言う。

「そ、そうなのですかっ」

「違うっ。わしは幕府のために、上様のために、望月千代の裏の顔を暴くために動いていたのだ」

「そんなたいそうな話ではないのよ。高畠様は私としたいのよ。今も、私の躰を見て、ずっと勃起させているのよ」

「そ、そうなのですか……」

小春が疑いの目を辰之伸に向ける。

「違うのだっ。お役目で動いているのだっ」

千代の裸体に刃は向けているものの、斬りかかることはできない。

相手はおなごのうえに素手なのだ。しかも、素っ裸である。そんなおなごに斬りかかるなど、武士として恥だ。

恐らくそこまで考えて、千代は裸で姿を見せたのだろう。なにも隠し持っていませんよ、無防備なおなごに斬りかかるおつもりですか、と。

「証を見せてあげましょう」

千代があごをしゃくると、佐和と真由が寄ってくる。

「寄るなっ」

佐和や真由相手にも刃を振ることができない。ふたりとも千代同様、素手なのだ。

佐和が着物の帯に手をかけてきた。

「やめろ……」

こちらは大刀を持っているのに、抵抗できずにいる。帯を解かれ、着物を脱がされる。すぐさま、真由が下帯（したおび）に手をかけてくる。

小春はじっと辰之伸を見ている。まずい。辰之伸の魔羅はずっと勃起させたままだ。今も、このようなときなのに、勃起は鎮まっていない。

視界に千代の裸体がわずかでも入っていると、勃起が鎮まらないのだ。

「やめろっ」

と叫ぶなか、真由の手で下帯まで脱がされた。

辰之伸は大刀を持ちつつ、あっさりと裸にされた。

「あっ……」

小春が目を見張る。

あらわになった辰之伸の魔羅は見事な反り返りを見せていた。今、この場で裸なのは千代だけだ。千代を見て、勃起させているのは明らかだ。

「違うのだっ、小春。これは違うのだっ」

「私としたくて、大刀まで出してくるなんて」

と、千代が言う。

「辰之伸様……」

小春の瞳に、涙が浮かんでいる。

「違うのだっ。こやつは宗春の忍びで、江戸の民を煽動しようとしているのだ」

「私としたいだけでしょう、高畠様。だから、こそこそ嗅ぎまわっていたのでしょう。正直に言いなさい」

千代が寄ってきた。大刀を突きつけていても、まったく意味をなさなかった。

小春の前でも反り返ったままの魔羅をつかんでくる。

それだけで、辰之伸は、ううっとうなった。

千代が裸体を寄せて、しごきはじめる。お椀形の見事な乳房がそばにある。剝き出しの白い肌から、なんとも言えない匂いが立ち昇っている。

小春がいるのに、辰之伸は腰をくねらせていた。大刀を抜き、千代に突きつけつつも、腰をくねらせていた。

「感じるのよね、高畠様。好きな千代にしごかれて、感じるのよね」

「う、ううう、違う……違う……」

「辰之伸様……」

小春の瞳から、ぼろぼろと涙が流れている。

そんな小春を前にしても、辰之伸は腰をくねらせつづける。大刀を突きつけられても、まったく動じず、千代が抱きついてきた。

たわわな乳房を胸板に押しつけ、剝き出しの割れ目で鎌首をこすってくる。

「や、やめろ……やめろ……」

「いやなら、斬ればよいわ、高畠様」

そう言いながら、千代は裸体をこすりつけつづける。

なんてことだ。素手で素っ裸のおなごにまったく手を出せない。完全に、千代の好きにされている。

望月千代。思っている以上に、恐ろしいおなごだと思った。極上の忍びを、宗春は江戸に送りこんでいるのだ。

割れ目でこすられている鎌首が痺れている。

千代は間違いなく生娘だろう。今、辰之伸が突いたら、どうなるのだろうか。あまりに無防備に、生娘の割れ目をさらしている。

鎌首にさらしつつ、挑発している。

「さあ、私としたい。したいから、探っていたと言いなさい、辰之伸」

と、名を呼び捨てにする。

「違うっ。おまえを捕らえるっ」

そう叫ぶものの、手を出せない。その間も千代は乳房を胸板に押しつけ、割れ目を鎌首にこすりつけている。

すると、我慢汁が鈴口（すずぐち）から出てきた。

それを見た佐和が、

「千代様っ、お汁が」

と言う。

すると、千代が割れ目を引いた。佐和が千代の足下にしゃがむと、割れ目についた辰之伸の我慢汁を舐め取った。

「見たかしら、小春さん。私としたくて、お汁まで出しているわ」

さらに我慢汁が出てくる。それを自分の意志で止めることはできない。

「男の躰は正直なのよ。本心を知りたかったら、こうして魔羅を出して、いろいろ聞くとよいわ。魔羅が本心を答えてくれるから」

千代がその場にしゃがんだ。ぺろりと先端の我慢汁を舐めてきた。

「おおっ」

望月千代に舐められ、辰之伸は吠えていた。

千代が舐めるそばから、あらたな我慢汁が出てくる。それをまた、千代が舐め取っていく。

「い、いやっ」

と叫び、小春が駆け寄ってきた。千代の隣にしゃがむと、小春も舌を出してきた。

千代と競うように、我慢汁を舐め取りはじめる。

「お、おうっ」

辰之伸はさらに吠えていた。千代と小春が同時に、辰之伸の鎌首を舐めているのだ。先端はとろけ、魔羅がひくひく動く。

千代と小春の舌先と舌先が触れた。あっ、と小春が舌を引く。それを見て、どろりと大量の我慢汁を出す。

それを千代がねっとりと舐め取っていく。

「いやですっ」

と、小春が引いた舌を寄せてくる。千代の舌にからんだ我慢汁を舐め取ろうとしている。

鎌首の前で、千代と小春の舌と舌がからみ合う。

それを見て、辰之伸は危うく暴発しそうになる。今、暴発したら、千代と小春の顔にぶっかけてしまう。

「邪魔よ、小春さん。辰之伸は、私に舐められたくて、お汁を出しているの。そうでしょう」

ぺろぺろと先端を舐めつつ、千代が見あげている。その眼差しはあくまでも、清廉だ。それでいて、やっていることは淫らきわまりない。

「違うっ。もうやめろっ」

「やめてほしいなら、魔羅を隠せばよいでしょう。舐めてもらいたくて、出しているのでしょう」

そう言いながら、千代が裏すじを舐めてくる。

「ううっ……」

辰之伸は腰をくねらせる。魔羅全体がせつなく痺れている。この快感を辰之伸のほうから拒絶することは無理だ。

「ああ、真なのですか。辰之伸様は、本当は千代様がお好きで、千代様と結ばれたいのですか」

小春が魔羅の前で、そう問うてくる。

「違うっ。こやつは宗春がよこした忍びなのだっ。わしは寺社奉行に仕える者だっ。宗春の忍びとまぐわいたいなどと思うわけがないっ」

「あら、まだ偽っているのね、辰之伸。ずっと魔羅を勃たせて、我慢汁を出しまくって、なにをくだらぬことを言っているのかしら」

また、千代が鎌首に唇を押しつけてきた。

「やめろっ」

と叫びつつ、辰之伸はついに屈服した。

暴発したのだ。

四

「おう、おうっ」

凄まじい雄叫びをあげながら、辰之伸は射精していた。

千代の美貌にぶっかけたと思ったが、千代はかわしていた。凄まじい勢いで噴き出した精汁が虚しく地面に落ちていく。

やはり、物凄い忍びなのだ。魔羅の前に美貌を置きつつ、暴発から逃れるとは。

どくどく、どくどくと脈動を続け、大刀を持ったまま、宙に放ちつづける。

「あら、外に出すなんて、もったいないことをしたわね、辰之伸」

脈動が鎮まるなり、千代が咥えてきた。汚れを清めるかのように、胴体の半ばから吸いあげてくる。

「あっ、あんっ」

出した直後の魔羅をしゃぶられ、辰之伸はおなごのような声をあげる。

千代はそのまま根元まで咥え、強く吸ってくる。

「あ、あんっ……あんっ……」

なんとも情けない姿を小春にさらしている。

もう、これから小春ともつき合えないだろう。千代にしゃぶられ、喘いでいる男など、見捨てられるだけだ。

千代の尺八を受けて、辰之伸の魔羅はみるみる勃起を取り戻す。

「ああ、もうこんなになったわ。そんなに私としたいのかしら、辰之伸」

千代が立ちあがり、胸板に美貌を寄せてくる。辰之伸は大刀を持ったままだが、なにもできない。

千代が乳首を吸ってきた。

「うう……」

乳首を吸いつつ、唾まみれの魔羅をしごきはじめる。

「吉宗から宗春様の家臣へと鞍替えするなら、してもよくてよ、辰之伸」

「えっ……」

一瞬、ほんの一瞬、辰之伸は本気にした。

千代は生娘だ。宗春ともしていない。そんな千代が一介の藩士に生娘の花を捧げるわけがない。考えなくてもわかることだ。

が、ほんの一瞬、上様を裏切れば千代とやれる、と思ったのだ。

辰之伸はおのれを恥じた。

千代が地面に仰向けになった。両膝を立てて、開いてみせる。

「さあ、いらっしゃい、辰之伸。宗春様の家臣になると誓えば、入れさせてあげる」

両膝を開いていたが、生娘の割れ目はぴっちりと閉じたままだ。

「千代……」

辰之伸は望月千代の割れ目を凝視していた。入れられるわけがない、とわかっていても、もしや、と思ってしまう。

魔羅は天を衝き、あらたな我慢汁まで出してしまっている。

辰之伸は大刀を地面に突き刺した。

「辰之伸様っ」

小春が声をかける。小春も千代の迫力に圧倒されているようだ。辰之伸が千代に魅了されているのも仕方ない、と思っているのかもしれない。

辰之伸は千代に足を向ける。そして、しゃがんだ。

「辰之伸様っ」

小春が叫ぶが、辰之伸は千代の両膝をつかんでいた。

膝小僧に触れただけで、躰がせつなく痺れていく。どろりと大量の我慢汁を出す。それが胴体にまで垂れていく。

「よ、よいのか……真に……よいのか……」

「辰之伸こそ、吉宗を裏切ってよいのですか」

よいわけがない。そもそも宗春さえ入れていない穴に、わしごときが入れられるわけがない。

そう思いつつ、鎌首を千代の割れ目に向けていく。

「入れる前に、享保の改革は間違いだと言いなさい」

と、千代が言う。

「享……享保の……か、改革は……」

上様肝いりの改革なのだ。それを宗春の息がかかった者の前で非難するなど、万死に値する。

が、辰之伸は千代に入れたいために、

「享保の改革は間違いであった。宗春様の改革こそ、日ノ本を救う」

と、口にしてしまった。

「辰之伸様っ」

小春が悲痛な声をあげるなか、辰之伸は千代の割れ目に鎌首を当てる。

が、動けない。突けないのだ。

千代は無防備に割れ目をさらしているのに、突けないのだ。

それどころか、躰がぶるぶる震えはじめる。

「どうしたのかしら、辰之伸」

千代が澄んだ眼差しを向けている。大胆に両足をひろげつつも、その瞳はどこまでも清廉である。それでいて、裸体全体からなんとも言えない甘い匂いが立ち昇っている。

「おうっ」

と、気合を入れて、突いていった。

が、めりこまない。千代の割れ目は開かない。

「入れるぞっ、入れるぞっ」

と叫び、辰之伸は鎌首をめりこませようとする。が、入らない。すると、

「なにをしているっ」

と、背後より鳶の声がした。

「やめろっ。宗春に入れるつもりかっ」

と叫んで、鳶が背後より抱きついてきた。

「入れるのだっ」

辰之伸はめりこませようとする。が、入らない。鳶が背後から引き離そうとする。鎌首が割れ目から離れていく。

「入れさせろっ」

「ならんっ」

鳶が辰之伸を背後に投げた。

そして鳶が千代を捕らえようとしたが、動きが止まった。

「さあ、お庭番、吉宗を捨てて、宗春様のしもべとなるのです」

千代が今度は鳶を誘う。

「ああ、ああ、千代……」

鳶の魔羅は千代の割れ目を目にした刹那、一気に勃起していた。

「享保の改革は間違いだった。宗春様の政こそ日ノ本をよくすると言ってみて」

「そのようなこと……言えるわけが……ない……わしは、紀州より……上様にお仕えしている忍びなのだ……そのようなこと……」

言えるわけがない、と言いつつ、鳶も千代の割れ目に釘づけとなっている。

「言ったら、入れてよくてよ。私をものにしたいでしょう。宗春様もお入れになっていない穴に入れてよいのよ。さあ、お庭番」

鳶が千代の足下に両膝をついた。

「ならんっ、鳶どのっ、ならんっ」

今度は辰之伸が止めに入る。

鳶を背後より抱いていく。

刀を持てば、辰之伸が勝ったが、素手では勝ち目はない。辰之伸は一発で吹っ飛ばされた。

「鳶というのね」

と、千代が名を呼ぶ。すると、鳶の躰が震えはじめる。そして、魔羅の先端を千代の割れ目へと向けていく。

「享保の改革はどうだったかしら」

「享保の……改革は……間違いであった……」

「そうよね」

「そして、宗春様の政はどうかしら」

「それは……」

「鳶どのっ、ならんっ」

今、辰之伸の前に、千代の割れ目はなかった。だから、冷静な判断ができた。

「宗春様の政はどうかしら、鳶」

「む、宗春様の……政こそ……民のためです」

「そうね。入れてよくてよ」

「ならんっ」

辰之伸は再び、鳶に背後より抱きついていった。そのとき、辰之伸の視界に、千代の割れ目が飛びこんできた。

そこに鳶の魔羅が当たり、めりこませようとしている。

「ならんっ、鳶っ」

鳶が宗春のしもべとなることを阻止するためではなく、自分以外の魔羅が千代に入ることを防ぐために、邪魔していた。

ぐいっと引くと、鎌首が割れ目より離れる。

「邪魔するなっ」

と、鳶が鬼の形相(ぎょうそう)で羽交い締(はがじ)めにしている辰之伸をにらみつける。太い腕で払いのけようとするが、さっきとは違い、辰之伸は放さない。

千代の生娘の花びらを守るために、死に物狂いで阻止する。

どんどん鎌首が割れ目から離れていく。

「どうしたの、鳶。私に入れたくないのかしら」

「入れるぞっ。邪魔するなっ、高畠っ」

鳶はこちらを向くと、辰之伸の顔面に重い拳を入れてきた。

「ぐえっ」

一発で、辰之伸はひっくり返った。

「辰之伸様っ」

二発目を入れようとする鳶から、小春が身を挺して守る。

「どけっ、おなごっ」

と、鳶は小春を辰之伸の躰から引き剝がそうとする。

「どきませんっ」

「邪魔だっ」

と、鳶が小春に蹴りを入れる。勃起したままの魔羅が弾む。

「うぐっ」

と、小春がうめく。

「小春になにをするっ」

辰之伸は小春を押しやり、鳶につかみかかっていく。鳶が辰之伸の腹に拳を入れる。

ぐえっ、と辰之伸は膝をつく。

「愚かな男たちね」

千代は股を開いたまま、軽蔑したように辰之伸と鳶を見あげている。

五

「おまえたち、見なさいっ」

立ちあがった千代が、自らの指で神秘の扉を開いてみせた。

それを見た辰之伸と鳶の動きが止まる。

「こ、これは……」

桃色の花びらは純真無垢であった。それでいて牡の脳天と股間を直撃していた。

「千代様っ」

と、鳶が先に千代に迫った。無垢な花びらに向かっていく。

「ほら、顔を押しつけよ」

千代がそう言うと、鳶は足下にひざまずき、無垢な花びらにじかに顔面を押しつけていった。

そのとたん、鳶の躰が震えはじめた。

「もっとこすりつけよ」

そう言って、千代が鳶の髷(まげ)をつかみ、自らぐりぐりと顔面に花びらをこすりつけていく。

「う、ううっ、ううっ」

鳶の躰が痙攣(けいれん)をはじめた。

「と、鳶どの……」

千代が髷から手を引くと、痙攣しつつ背後に倒れていった。

「鳶どのっ」

辰之伸は鳶に駆け寄った。口から泡を吹いていたが、恍惚(こうこつ)とした表情であった。

「千代様……千代様……」

と、名を呼びつづけている。

「ほら、辰之伸、おまえも来なさい」

千代は割れ目を開いたままで立っていた。ちらりと目にした辰之伸はそのまま、千代に迫っていく。

「辰之伸様っ」

小春が叫ぶが、辰之伸は桃色の花びらに吸い寄せられるように、にじり寄り、顔面を恥部に持っていく。

　すると、花びらから甘い薫りがした。

「顔を押しつけよ、辰之伸」

　千代に言われ、辰之伸は小春が見ている前で、千代の花びらにじかに顔面を押しつけていった。

　すると、顔面全体が甘い薫りに包まれた。

「おうっ、千代様っ、千代様っ」

　辰之伸は雄叫びのような声をあげながら、ぐりぐりと千代の花びらに顔面を押しつける。すると、躰が震えはじめた。それを抑えることができない。

「おまえは私のしもべとなるのです。よいですね、辰之伸」

　そう言うと、千代が髷をつかみ、強くこすりつけてくる。

「う、ううっ、ううっ」

　辰之伸はうめきつつ、躰を痙攣させはじめた。

　頭の中が桃色になり、すうっと意識が薄れていった。

　目を覚ますと、天井が見えた。あの地下室だと思った。

起きあがろうとして、両手両足に縄をかけられていることに気づいた。

裸のまま、床板に大の字に磔（はりつけ）にされていた。隣には同じように裸で磔にされた鳶がいた。

「辰之伸様」

と、小春が声をかけてきた。

「小春……すまなかった……望月千代の色香に惑い……とんだ醜態を見せてしまった」

「ううん、いいの。千代様にひれ伏すのは当然のことです」

「小春……」

怒っていないのはよかったが、千代に心酔しているのも困りものだった。

「縄を解いてくれ」

「どうしてですか」

「どうしてって……ここから出なくては。出て、上様にお知らせしなければ」

床に打ちこまれた鎹（かすがい）に通された縄で、辰之伸は両手首、両足首を縛られていた。

小春が立ちあがった。

「縄を解いてくれ」

「辰之伸様が目を覚ましたと、千代様にお知らせしてきます」

そう言うと、地下室を出ていく。

「小春っ」

辰之伸の声が虚しく消えていく。

「ううっ、これは」

隣で鳶が目を覚ました。

「鳶どのっ、縄抜けをしてください」

「なぜだ」

と、鳶が言った。

「なぜって……」

「千代様にお伺いを立ててからだろう」

「鳶どの……なにをおっしゃっているのですか」

「あら、ふたりともお目覚めね」

千代が姿を見せた。相変わらず、全裸だった。

望月千代は全裸がなにより絵になった。白衣も緋袴もいらなかった。

「千代様っ」

と、鳶が目を輝かせて、千代の裸体を見つめる。

「あら、辰之伸はどうしたのかしら」

「ち、千代様……」

どうにか名を呼んだ。

「あなたは誰のしもべかしら」

鳶の顔面を白い足で跨ぎながら、千代が聞く。

「千代様のしもべです……」

「私ではないでしょう」

「宗春様のしもべですっ。宗春様こそ、将軍に相応しい御方です」

目を輝かさせて、鳶がそう言う。

「そうね。いい子よ」

千代が膝を曲げていく。鳶の目がさらに輝く。しゃがんでも、割れ目は開かない。閉じたままだ。

顔面の直前で、千代自身が割れ目を開く。

「おうっ、千代様っ、宗春様っ」

鳶の顔面に、またも無垢な花びらが押しつけられる。

「小春、しごいてあげなさい」

と、千代が言う。小春は、はい、と返事をして、鳶の下半身にまわると、反り返った魔羅をつかんでいく。

「こ、小春、なにをしているのだっ」

辰之伸がいるというのに、構わず鳶の魔羅を白い指でつかみ、しごきはじめる。

「う、ううっ」

すぐさま、鳶の下半身が震えはじめる。

「もう、出そうです」

と、小春が言う。

「咥えてあげなさい、小春」

ぐりぐりと鳶の顔面を花びらで押さえつけつつ、千代がそう言う。

「はい、千代様」

と、小春は返事をすると、辰之伸の目の前で、鳶の魔羅に顔を寄せていく。

「小春っ、なにをしているっ」

「千代様の、宗春様のためです。当たり前のことです」

そう言うなり、小春が鳶の鎌首をぱくっと咥えていった。

「やめろっ」

と辰之仲は叫ぶ。鳶の躰がさらに激しく震えはじめる。

小春はそのまま鎌首だけではなく、反り返った胴体まで呑みこんでいく。

「う、ううっ」

鳶の下半身がぐっと反った。と同時に、うう、と小春がうめいた。

鳶は下半身を反らせたまま、痙攣させている。

小春の横顔が強張った。

「小春っ」

鳶が小春の口に出したのだ。小春はそのまま鳶の精汁を喉で受けつづけている。

「ほら、もっと出しなさい。ご褒美よ」

と言いつつ、千代が鳶の顔面をさらにぐりぐりと花びらでこする。

「うう、ううっ」

鳶はうめきつづける。反らせた裸体を痙攣させ、小春の喉に出しつづける。

「やめろっ、やめるのだっ」

「辰之仲、おまえの主君は誰だ」

千代が問う。

「寺社奉行だっ」

「おまえには、まだ説法が必要なようね」

真由、佐和っ、と千代が、階段に向かって声をあげる。すると、ふたりの巫女たちも階段を降りてきた。ふたりとも裸であった。地下室で裸でないのは、小春だけであった。

真由が辰之伸の顔面を白い足で跨ぎ、腰を落としてきた。顔面を女陰(ほと)で塞いでくる。と同時に、佐和が魔羅をしごいてきた。半勃ちだった魔羅が、瞬(また)く間に大きくなる。

すると佐和が辰之伸の腰を跨いできた。魔羅を逆手で持ち、小春の前で繋がろうとする。

「ううっ」

と、辰之伸は懸命に大声をあげる。

「真由、女陰を上げて」

と、千代が命じ、真由が恥部を上げる。

「待て、待ってくれっ」

佐和が魔羅を咥えこむ寸前で止める。

「どうしたのかしら」

「小春をここから出してくれ。小春は関係ないはずだ」

辰之伸がそう言うと、小春が鳶の魔羅を咥えたまま、かぶりを振る。私はここにいます、と瞳で訴える。

「繫がって、佐和」

と、千代が言うと、佐和が腰を落としてきた。小春が見ている前で、辰之伸の魔羅がずぶずぶと入っていく。呑みこまれていく。

小春は鳶の魔羅を咥えたまま、悲しそうな表情を浮かべる。

「やめろっ」

辰之伸が叫ぶなか、真由がまた女陰を顔面に押しつけてくる。

「う、うぐ、うう……」

辰之伸がうめくなか、鳶がまた痙攣させる。つづけて小春の喉に出しているのだ。

やめろっ。やめてくれっ。

佐和の腰のうねりが激しくなる。はやくも射精しそうになる。このような状況で、小春の前で佐和に出すなんて最悪だった。が、なぜかこの最悪な状況に躰が反応していた。

出る、と思った刹那、佐和が女陰を引きあげた。ぎりぎり射精しなかった。魔羅がひくひく動き、大量の我慢汁を出す。

千代が鳶の顔から割れ目を引きあげた。

「小春、もうよいわ」

と、千代が言うと、小春がようやく鳶の股間から顔を引きあげた。

「全部、飲みなさい」

と、千代に言われ、小春はずっと口に含んでいた大量の精汁を、魔羅をひくつかせている辰之伸の前でごくんと飲んだ。

鳶の魔羅はまだ勃っていた。千代が鳶の股間を白い足で跨いだ。

「ああ、千代様っ」

千代が恥部を下げ、鎌首に割れ目を当てる。

鳶が入れようと腰を上げると、千代も上げていく。

「吉宗を消せるかしら、鳶」

と、千代が聞く。

「えっ……上様を……い、いや……」

「あら、宗春様の政がよいのでしょう。では、吉宗は邪魔よね、鳶」

また割れ目を鎌首にこすりつけ、千代がそう言う。

「はい、上様は邪魔です……」

「吉宗でしょう」

「はい、吉宗は邪魔です」

「では、消えてもらったほうがこの世のためよね」

「はい、そうです」

鳶の目は、鎌首の真上にある千代の割れ目から離れない。

「消したら、私の中に入れてよくてよ。宗春様もお喜びになるから、きっとご褒美として、私の生娘の花をくださるはずよ」

「吉宗を消したら……千代様の生娘の花を……」

「散らしてよくてよ」

と言いつつ、千代が鎌首を割れ目でこすってくる。

それだけで、鳶は、おうっ、と吠えて、射精させた。

精汁が噴きあがった刹那、千代の割れ目は遠ざかっていた。

目にも止まらぬ動きであった。

「おう、おうっ」

　鳶は宙に射精させつつ、吠えつづけた。

「辰之伸はどうかしら」

　と、千代が辰之伸の股間を白い足で跨いできた。

　割れ目を下げてくる。佐和の女陰でいきそうになり、寸止めを食らった魔羅が、迫るだけでぴくぴく動く。

「わしは寺社奉行の家臣だっ」

「あら、吉宗を消してくれないのかしら。消してくれたら、私の生娘の花を散らさせてあげるわ」

　そう言いながら、千代が辰之伸の鎌首を割れ目でなぞってくる。

「ならんっ。千代様の生娘の花はわしが散らすのだっ」

　鳶が鬼の形相で辰之伸をにらんでくる。

「どうしたい、辰之伸」

　鎌首がひくひく動いている。いつ射精してもおかしくはない。

「わしは……わしは……」

　入れたい。千代の中に入れたい。生娘の花を、おのが魔羅で散らしたい。

「どうしたい」

「わしは寺社奉行の家臣だっ」

ぎりぎりの理性で、辰之伸はそう叫んでいた。

「あら、残念ね。しばらく、ここで暮らしてもらうわ」

千代が立ちあがった。割れ目が離れていく。佐和、と千代が言うと、佐和が白い足で跨いできた。

ずぶりと女陰で包んでくる。

その刹那、辰之伸は暴発していた。

「おう、おうっ」

と叫びつつ、小春の前で佐和の中に放っていた。

第六章　忠義心

一

吉宗はひとりで立っていた。紀州より連れてきたお庭番を、心より信頼している。

江戸城中奥の四阿(あずまや)。鳶は吉宗の前に姿を見せた。片膝立(かたひざだ)ちで頭を下げる。

「鳶、参上しました」

「千代は、望月千代はどうした」

「望月千代は、尾張が送ってきた忍びでした」

「やはり、そうか。それで、生け捕りにしてきたのか。どこにいる」

吉宗がまわりを見まわす。

鳶は懐から匕首(あいくち)を出すと、すばやく立ちあがり、吉宗に抱きついていった。

抱きつきざま、心の臓を刺したはずであった。

が、その直前で、鳶の躰は硬直した。その心の臓には、矢が突き刺さっていた。

「う、上様……」

「そんなに望月千代の色香はすごいのか、鳶」

ほかの場所で弓を構え、狙っていたとは、まったく気づかなかった。まさに色惚けである。千代の生娘の花を散らせると、そればかりを思い、吉宗と対峙していたのだ。

吉宗は私などまったく信用していなかったのだ。

愚かである。このまま屍になって当然であった。

「どうだ、鳶。生娘の花を散らせることが条件で、わしの命を狙ったか。わしの命は、天下の将軍の命は、巫女の生娘の花と同じか」

「上様……」

鳶はその場に崩れていった。

同じ頃、玄妙神社の例の地下室の中。

「あぁっ、千代様っ、入れさせてくださいませっ」

辰之伸はあぶら汗まみれの裸体を震わせ、望月千代の割れ目を求めていた。

地下室の中は、千代の白い肌から醸し出される甘い薫りと、大量の精汁の臭いが混ざっていた。

「吉宗を消せるかしら、辰之伸」

割れ目で鎌首をなぞりつつ、全裸の千代が問う。

「そ、それは……」

階段から白衣に緋袴姿の真由が降りてきた。

「鳶、しくじりました」

と告げた。

「あら、そう。紀州のお庭番もたいしたことないわね」

「はい」

と、真由がうなずく。

「小春、汗を拭いてあげなさい」

と、ずっとそばにいる小春に、千代が命じる。はい、と小春が桶に手拭を入れて水を絞ると、裸で磔にされたままの辰之伸の胸板の汗を拭いはじめる。小春も裸であった。

辰之伸同様、数日、この地下室にいた。出ることはゆるされなかったが、そもそも小春は地下室から出ようとしなかった。千代のしもべとして、働いている。

手拭で乳首をなぞると、あっと辰之伸が敏感な反応を見せた。

ここ数日、休む間もなく色責めを受けつづけて、意識は朦朧としつつ、躰は異常に敏感になっていた。

「辰之伸が次の刺客ね。はやくしないと、宗春様がお怒りになるわ」

千代が案じるような表情を見せる。いつも余裕の顔でいる千代にしては、めったに見せない表情である。

「おまえは、ここに入れたいのよね」

と、千代が辰之伸の顔面を跨いで、自ら割れ目を開く。

辰之伸の視界に桃色の花びらがひろがる。千代がしゃがみ、それが迫ってくる。

「ああ、千代様……入れたいです……」

「入れるためには、なにをしたらよいのかしら」

「上様を……吉宗を……」

「吉宗をどうするのかしら」

消す、という言葉が出ない。

「小春、繋がって」

と、千代が言う。すると小春が、はい、と返事をして、辰之伸の股間を跨いでくる。

「やめろっ、小春。繋がるなっ。そなたとのまぐわいは、ほかとは違うのだっ」

千代が見ている前で肉の契りを結んだあとも何度かまぐわってはいたが、この地下室では繋がっていない。

魔羅を包んで絞り取るのは、もっぱら佐和の女陰であった。

ほかとは違う、と言われ、小春がはっとなる。

「なにをしているの。辰之伸の精汁を絞り出しなさい」

辰之伸の鼻先で花びらをあらわにさせたまま、千代が命じる。

はい、と小春が股間を下げてくる。

「だめだっ。そなたとのまぐわいは、こんな場所でするものではないのだっ。わかるだろう、小春っ。目を覚ましてくれっ」

「辰之伸様……」

割れ目を鎌首に当てたところで、小春が我に返った表情になる。

「なにをしているのっ。はやく、繋がりなさいっ」

千代が鋭い目を向ける。

「あ、あたい……」

小春が辰之伸の腰から離れ、足首に巻かれた縄を解きはじめる。

「小春、なにをしているのっ。真由っ」

と、千代が真由に止めるように命じる。

小春が左の足首の縄を解いた。右の足首に手をかけると、真由が止めにかかる。

「やめなさい、小春っ」

真由が小春の腕をつかみ、引っ張ろうとする。が、小春はそれを振り払い、右の足首の縄も解こうとする。

「小春っ」

千代が小春に迫った。そして髷をつかむと、剥き出しの股間に顔面を押しつけていった。

「うっ、うぐぐ……」

「小春っ」

ぐりぐりと恥部を小春の顔面にこすりつける。

「やめろっ。小春っ、大丈夫かっ」

「うぐ、うう……」

小春は千代の恥部から顔を引こうとするが、ぐりぐりと押しつけられつづける。

すると小春の躰から、抗う力が抜けていく。

さらに千代は小春の顔面に割れ目を押しつけつづけると、髷から手を離した。

小春がその場に崩れていく。

「小春っ」

辰之伸が叫ぶなか、千代が小春の髷をつかみ、顔を起こした。

千代がすうっと唇を寄せて、小春の唇を奪った。

その刹那、小春の躰がぴくんぴくんと動いた。

「口を開きなさい」

と、千代が言うと、小春は言われるまま唇を開く。あらためて千代が唇を奪うと、ぬらりと舌を入れていく。そのまま、からめていく。

小春はうっとりとした表情を浮かべ、すべてを千代に委ねる。

千代が唇を引いた。

「縄を戻しなさい」

と言うと、はい、と小春はうなずき、たった今、自分の手で解いたばかりの縄で、辰之伸の右足首を縛りはじめる。

「小春っ、やめろっ。腕の縄も解いてくれっ」

辰之伸が訴えるも、無駄だった。右足首を縛り、左足首も縛った。

辰之伸はもとどおりに床板に磔となった。

「さあ、おまえが辰之伸と繋がりなさい。吉宗を殺すと言うまで、出させつづけるの。わかったかしら、小春」

「はい。それが、千代様のためになるのですよね」

「そうよ。私のため、そして宗春様のため、なにより日ノ本のためになるの」

「ひ、日ノ本のため……千代様は次元が違うところから見ていらっしゃるのですね」

「騙されるなっ。千代は宗春の忍びなのだっ。それだけだっ」

辰之伸が叫ぶなか、小春が魔羅に手を伸ばしてくる。このような状況なのに、辰之伸の魔羅は勃起したままだ。

目の前に、千代と小春の裸体があり、ちょっと動くたびに、たわわな乳房が揺れ、甘い薫りが漂うのだ。萎える暇さえ与えてくれない。

ここは地獄でもあり、考えようには極楽でもあった。

ずっと思いつづけた小春が、自ら繋がってくるのだから。

小春が再び、腰を跨いできた。魔羅を逆手に持ち、腰を落としてくる。

「やめろっ」

「日ノ本のためです、辰之伸様」

鎌首に先端が触れた。千代だとこれ以上進まないのだが、小春はずぶりと鎌首を女陰で咥えこんでくる。

「あうっ……」

「ううっ」

小春と辰之伸が同時にうめく。小春はそのまま腰を落としてくる。ずぶずぶっと呑みこまれる。瞬く間に、辰之伸の魔羅のすべてが小春の中に入った。

すると千代が、また辰之伸の顔面を恥部で塞いできた。

「う、ううっ」

「ああ、大きくなりましたっ……ああ、そんなに千代様がお好きなのですかっ、辰之伸様っ」

「ううっ」

違うのだっ、と叫ぶも、うめき声にしかならない。

千代はちょっと腰を浮かし、割れ目を開くと、今度はじかに無垢な花びらで辰之伸の顔面をこすってくる。

「うう、ううっ」

「ああっ、すごいっ、魔羅がすごいですっ」

「腰を振りなさい、小春っ」

千代に言われ、小春が深く繋がった恥部をうねらせはじめる。

「うう、ううっ」

千代の花びらの匂いが濃くなってきている。生娘でありつつ、牝の匂いも醸し出しはじめる。

吸ってはならぬ、ところえるが、無理であった。辰之伸はまともに千代の牝の匂いを吸い、くらくらになっていく。

「腰を上下に動かして、小春」

はい、と小春が言われるまま、上下に動かしはじめる。

「うう、ううっ」

頭は桃色に染まり、魔羅はせつなくとろけていく。

全身がおなごに包まれている感じだ。幸せだった。このような幸せを感じ取れるのなら、このまま千代のしもべ、宗春のしもべとなったほうが幸せな気がした。

「あ、あっ、ああっ、魔羅、いいっ」

小春の喘ぎ声も甘ったるくなっている。小春の裸体も汗ばみ、千代に負けない体臭を放ちはじめる。

「出したいかしら、辰之伸」

腰を浮かせて、千代が聞く。

「出したくないっ。わしは寺社奉行の家臣だっ」

「出させて、小春」

と、千代が言い、辰之伸に唇を重ねてきた。大量の唾とともに舌をからませてくる。

辰之伸の躰全体がせつなく痺れた。

「ううっ」

辰之伸は吠えていた。吠えつつ、射精していた。

「あっ……ああああっ」

茶臼で繫がっていた小春の裸体が震える。

辰之伸は千代と口吸いしつつ、小春の中に出しつづける。

「うう、ううっ、ううっ」

「ああ、ああっ……」

小春が裸体を反らせ、脈動する魔羅を絞ってくる。

たっぷりと出すと、魔羅が女陰から抜けた。

二

徳川宗春は今、参勤交代で江戸にいた。

上屋敷の寝床で側室の華絵と莉奈に尺八を吹かせつつ、書物を読んでいると、天井から、千代です、と声がかかった。

「構わぬ」

と、宗春が返事をすると天井が開き、ふわりと黒装束姿の千代が降りてきた。

魔羅を見ると、半勃ちである。

「華絵、莉奈、下がれ」

と、宗春が命じる。ずっと舐めていたふたりが脇に下がると、千代が黒装束姿のまま、白い美貌を寄せてくる。舌をのぞかせると、先端をぺろりと舐めた。

するとそれだけで、魔羅がぐぐっと反り返っていく。

千代がさらに舐めると、見事な勃起を取り戻した。

「さすがだな、千代」

「ありがとうございます」

と言うと、先端から咥える。

「それで、どうだ」

宗春が問うと、千代が唇を引きあげ、

「お庭番の鳶はしくじりました。辰之伸は今、洗脳中です」

「おまえにしては、ときがかかっておるな」

「申し訳ありません。辰之伸の忠義心が強く、鋼のようです」

「ほう、鋼のような忠義心か。それはよいな。こちらに寝返れば、こちらに強く忠義を尽くすであろう」

「はい」

と、返事をするなり、千代は再び、宗春の魔羅を咥える。根元まで呑みこむと、ぐぐっとさらに力を帯びる。

千代は咥えたまま、黒装束を諸肌脱ぎで下げはじめる。

白い肩があらわれ、鎖骨があらわれただけで、さらに魔羅が太くなる。

美麗なお椀形の乳房があらわれると、千代の口の中で宗春の魔羅がひくつく。

「ううっ……」

千代はうめきつつも、魔羅を咥えたままでいる。

そして、さらに黒装束を剥き下げていく。平らなお腹があらわれ、下腹の割れ目まであらわれると、たくましくなりすぎて、千代が吐き出してしまう。

「申し訳ございませんっ」

天を衝く魔羅を見て、なかなか大きくできなかったふたりの側室が感嘆の声をあげる。

「あと少しで、辰之伸は落ちます。辰之伸は加納久通の下知で動いています。加納をまずは消します」

「そうか。どうかのう。巫女はいくらでもいるからな」

「お殿様っ」

千代が黒装束のすべてを脱ぐと、白い足で腰を跨いだ。そして、下げていく。

「千代をおなごにしてくださいませ」

と、割れ目を鎌首に押しつけようとする。

「ならんっ」

と、宗春が矛先をずらす。

「おなごにしてくださいませっ」

と、千代が割れ目を鎌首に押しつけようとする。

「割れ目の奥の、生娘の花を散らしたら、おまえの神通力はなくなってしまうだろう。そうなったら、おまえはただの巫女のひとりにすぎなくなる。わしの魔羅はしゃぶれぬぞ」

「それはいやですっ。ずっとお殿様の魔羅にお仕えしていたいですっ」

と、千代が訴える。

「華絵、繋がってこい」

と、宗春が側室のひとりを呼び、命じる。はい、と華絵が戻ってきて、千代の前で宗春の腰を白い足で跨ぐ。

そして、天を衝く魔羅を逆手で持つと、繋がってきた。

「あうっ、うんっ」

華絵が形のよいあごを反らせる。

「ああ、お殿様……」

千代が泣きそうな顔を浮かべている。宗春の前以外では、決して見せない顔だ。ずぶずぶとすべて咥えると、華絵が腰をうねらせはじめる。

「ああ、お殿様……ああ、たくましいです」

すぐさま火の息を吐き、華絵が宗春の魔羅を貪っている。それを千代は指を咥えて見ているだけであった。

「千代、もうよいぞ。すぐに戻って、辰之伸を洗脳しろ」

「はい……」

千代はうなずき、脱いだばかりの黒装束に手をかけた。

地下室には辰之伸だけがいた。相変わらず、両手両足を板間に磔にされている。今、朝なのか夜なのかもわからない。ひたすら勃起させられ、射精させられつづけていた。

ときどき頭がかすみ、千代の声が心の中に入りそうになるが、まだぎりぎり落ちていなかった。辰之伸自身、ここまで家臣としての忠義があったとは意外であった。

白い足が見えた。小春であった。相変わらず、小春は裸のまま辰之伸の世話を焼いていた。まずは、小春の洗脳を解かなければならない。

「辰之伸様、握り飯を持ってきました」

皿から握り飯を取ると、辰之伸の口へと持ってくる。

「口移しで食べさせてくれないか、小春」

「えっ……は、はい……」

小春がほんのりと頬を染める。色責めにあった辰之伸をそばで見て、小春自身も何度もまぐわっていながら、こうした恥じらいを忘れない姿に、辰之伸はあらためて惚れる。

「小春、ことが終わったら、すぐに養子の先を見つけるからな」

「辰之伸様……私は千代様から離れられません。そんな小春でもよいのですか」

「構わぬ」

ことが終わるということは、千代も終わっているということだ。すでに、小春の洗脳も解けていることになる。

「握り飯をくれ」

「私がお口に入れたら、握り飯ではなくなります」

「くれ」

と、辰之伸は口を開いてみせる。間抜け面をあえてさらす。

「辰之伸様……」

小春が辰之伸を見る目つきが変わる。戻ってきている。

千代があらわれる前の瞳に……。

小春が握り飯を頬張る。軽く咀嚼して、唇を寄せてくる。辰之伸は口を開いたまま待っている。

小春が唇を重ねた。咀嚼した握り飯を入れてくる。それを辰之伸は口にする。

旨い。小春の唾が混じった飯は旨い。

小春が唇を引いた。さらに握り飯を口移しで渡すと、水筒を手にする。

「水も口移しだ、小春」

「はい……」

と、頬を染めてうなずき、小春は水筒に唇を当てる。喉に注ぐと、そのまま辰之伸の口に寄せてくる。唾まじりの水を辰之伸の口に注いでくる。

「ああ、旨い。生き返るようだ」

実際、出しすぎて萎えていた魔羅が、力を取り戻しはじめていた。

「躰、拭きますね」

「おまえの舌で清めてくれないか」

「私の舌で……はい……」

小春はうなずき、唇を辰之伸の腋の下に寄せてきた。毛が貼りついた腋のくぼみに、舌を這わせてくる。

丁寧に腋のくぼみを舐めてくる。

「ああ……あんっ……」

思わず、声を洩らしてしまう。

「うれしいです、小春に感じてくださって」

右の腋のくぼみを唾まみれにさせると、左の腋の下へと移動してくる。ちらりと魔羅を見て、あっ、と声をあげる。

「たくましい……」

「小春の握り飯を食って、大きくなったのだ」

「えっ、握り飯で大きくなるんですか」

「なるのだ。小春の握り飯だからな」

「あの……魔羅から……舌で清めていいですか」

よいぞ、と言うと、小春は下半身へと移動し、ぱくっと鎌首を咥えてきた。

「ああ……」

もう数えきれないくらい、佐和や真由にしゃぶられていたが、この尺八がいちばん気持ちよかった。

どんどん力を帯びてくる。

「うう……」

小春は苦しそうにうめきつつも、奥まで咥えてくる。

辰之伸は腰を突きあげる。

「うぐっ、うぐぐ……」

喉を先端で突かれても、小春は魔羅を咥えたままでいる。

ほらっ、小春っ、目を覚ませっ。これが正義の魔羅だっ。千代などに、宗春などに惑わされるなっ。

さらに辰之伸は突きまくる。

「うう、うぐぐ……」

小春は決して唇を引かない。うめきつつ、吸ってくる。

今だ。今、繋がれば、今、いかせれば、小春はこちらに戻ってくる。

「小春っ、跨がるんだっ」

「はいっ、辰之伸様っ」

小春も辰之伸と今、繋がりたかったようだ。お互いの気持ちが一致していた。小春が白い足で股間を跨いだ。唾まみれの魔羅を逆手で持ち、腰を落としてくる。ずぶりと先端がめりこんだ。

辰之伸は小春が呑みこんでくる前に、自分から力強く突きあげていった。

「いいっ」

一撃で、小春が歓喜の声をあげる。

辰之伸は渾身の力をこめて、突きあげつづける。両手両足を磔にされた状態で、突きあげつづける。

「いっ、いいっ、ああ、辰之伸様っ」

小春が倒れてきた。繋がったまま、唇を寄せてくる。

唇が重なった。小春がぬらりと舌を入れてくる。辰之伸は渾身の力をこめて突きあげながら、小春の舌を吸っていく。

「う、うんっ、うっんっ」

すでに千代たちの前で何度も小春と繋がっていたが、今、このまぐわいはまったく違っていた。お互いが相手を求め、相手を思って繋がっている。舌をからめている。

　このままわしの魔羅でいかせられれば、千代に心酔している小春を取り戻すことができるかもしれない、いや、絶対できる、と辰之伸は思った。その思いをこめて、突きあげまくる。

「う、ううっ、ううっ」

　火の息が吹きこまれる。辰之伸の魔羅を強烈に締めてくる。ただ締めてくるのではなく、そこには小春の意志が感じられた。

「うう、ううっ」

　辰之伸はいきそうになっていた。もう何度となく、この地下室で出してきたが、はやくも出しそうになっていた。

　相手が小春だからだ。辰之伸のことだけを思う、小春だからだ。

　小春が唇を引いて、上体を反らす。

「出そうだ、小春」

「ああ、小春もいきそうです……ああ、くださいっ、辰之伸様の精汁を……ああ、思いのこもった精汁を……小春の子宮（こつぼ）にくださいっ」

「出すぞっ、小春。わが思いを子宮で感じてくれっ」

「辰之伸様っ」

「あああ、あああっ、出る、出るっ」

おうっ、と雄叫びをあげて、辰之伸はぶっ放した。

「ひいっ……ひ、ひいっ」

渾身の精汁を女陰の奥に浴びて、小春が反らせた上体をがくがくと痙攣させる。あぶら汗が噴き出し、牝の匂いが撒き散らされる。

「おう、おうっ、小春、小春っ」

辰之伸はなおも、噴射を続ける。ふぐりのどこに、これほどまで精汁が残っていたのか、不思議なくらい出てくる。出つづける。

「いく、いくいくっ」

小春はいまわの声を叫びつづけた。

三

脈動が鎮まった。それでも小春は、背中を反らせたまま痙攣させていた。

ようやく痙攣が鎮まると、我に返ったような顔で辰之伸を見つめた。

「あっ、辰之伸様っ、今、縄をっ」

小春が腰を浮かせた。たっぷり出して、さすがに萎えつつある魔羅が大量の精汁とともに出てくる。

「あんっ」

と、甘いかすれ声を洩らしつつ、小春は両足の縄を解いていく。そして、両腕の縄も解いていった。

「小春っ」

辰之伸は久々に自由になった両腕で、小春の汗ばんだ裸体を抱きしめた。

「辰之伸様っ、私、私……ずっと……変でした」

「大丈夫だ。もう大丈夫だっ。わしがついているっ」

「辰之伸様っ」

しっかりと抱き合い、唇を重ねる。お互いの思いをぶつけるように舌をからめると、立ちあがった。

久しぶりに起きあがり、くらっとよろめく。

「大丈夫ですか、辰之伸様」

「大事ないぞ。さあ、行こう」

小春に支えられ、辰之伸は階段を昇っていく。小春も辰之伸も全裸のままだ。階段を上がりきると、寝所の裏手に出た。明るかった。境内には、大勢の参拝者がいる。

構わず、裸のまま境内に出ようとした。すると、

「待ちなさい」

と、千代が拝殿から姿を見せた。白衣に緋袴姿であった。今まで拝殿の奥で、高額の初穂料を出した者を視ていたのだろう。

「なにをしている、辰之伸、小春」

と、千代が代わらぬ澄んだ瞳で辰之伸を見つめ、そして小春を見つめる。

「千代様……」

と、小春が千代に傾きそうになる。

辰之伸は千代に迫ると、その場に押し倒した。

「なにをするっ」

千代が叫び、佐和と真由も拝殿から出てきた。

辰之伸は緋袴を毟り取っていた。

いきなり、神秘の割れ目があらわれる。

それを見た刹那、辰之伸は一気に勃起させていた。小春相手に出しきった、と思っていたが、それでも勃起していた。

千代の両足を押さえつけ、割れ目に先端を向ける。

「なにをしているっ」

佐和と真由がつかみかかろうとする。

「動くなっ。動いたら、このまま突き刺すぞ」

と、辰之伸は脅す。すると、千代が笑った。

「突き刺せるものなら、私の生娘の花を散らせるなら、散らしてみなさい」

余裕の表情でそうけしかける。

「千代様……」

「よし、高畠辰之伸が望月千代の生娘の花を散らしてやるぞっ」

と叫ぶ。すると境内で並んでいた参拝者が、なにごとかと、こちらに集まってくる。

「おいっ、なにをしているっ。千代様になにをしているっ」

集まった信者たちが、恐るべき事態に驚愕（きょうがく）する。

「見ておれっ、みなの衆っ」

そう叫ぶなり、辰之伸は鎌首を割れ目にめりこませていった。

ずぶりと入っていく。

それを見て、誰よりも千代が目を見張っていた。

「こ、これは……なに……」

「望月千代、破れたりっ」

そう叫ぶと、辰之伸は一気に突き刺した。

望月千代を望月千代たらしめていた生娘の花は、みなの前でいともあっさりと散った。

「ひいっ」

千代が破瓜(はか)の激痛に叫ぶ。

辰之伸は構わず、ずぶずぶと埋めこんでいく。

「う、うそだろう……」

「千代様の生娘の花が散らされた」

「千代様が生娘でなくなった……」

「千代はおなごになった」

集まった信者たちの目から、ただのおなごになった。崇拝(すうはい)の光が消えていく。

辰之伸はずぶりと奥まで突き刺すと、一気に引きあげた。

鮮血まみれの魔羅を目にして、千代が白目を剝いた。

「見たかっ、望月千代の生娘の花を散らしたぞっ」

辰之伸は叫び、すぐさま鮮血まみれの魔羅で千代を突き刺していく。

「ううっ」

破瓜の激痛で、千代が目を覚ます。

辰之伸を見るが、すでに神通力は失われていた。

「どうだっ、魔羅はっ」

辰之伸はみなが呆然と見つめるなか、千代の女陰を突きまくる。

「う、うぐ……うう……」

千代は魔羅に圧倒されてしまっている。

そんな千代を、佐和と真由、そして小春も呆然と見つめている。

辰之伸は再び、千代の女陰から魔羅を抜いた。鮮血だけではなく、おなごの蜜もまみれている。

「千代が感じているぞ」

「千代が魔羅を突っこまれて、濡らしているぞ」

辰之伸はみたび、千代に入れていく。ずぶずぶと窮屈な穴を突いていく。

「う、うう……」

突くたびに、お椀形の美麗な乳房が前後に揺れる。いつの間にか、乳首がつんとしこっていた。

辰之伸はこのまま、千代を感じさせようと思った。よがり泣きを、信者どもに聞かせてやろうと思った。

深く繋がると、揺れる乳房をつかみ、こねるように揉みしだきはじめる。

「あ、ああ……」

千代が甘い喘ぎを洩らした。

「千代が感じているぞ」

「魔羅に屈服しているぞっ」

集まってきた信者たちの目が、崇拝する巫女を見る目から、魔羅で突かれて喘ぐおなごを楽しむ目に変わってきている。

「ああ、なんて乳だいっ」

「いい顔で、喘ぐじゃないかい」

辰之伸は深々と貫きつつ、千代の乳房を揉みくちゃにしつづける。すると、白いふくらみのあちこちに、手形の痕(あと)がつきはじめる。

「あ、ああ……あああ……」

千代は辰之伸を見つめている。魔羅で生娘の花を散らした相手を崇拝する目になっている。

辰之伸は千代の女陰から、魔羅を引き抜いた。

「えっ……」

千代が、どうして、という目を辰之伸に向けている。鮮血が蜜に塗りかわった魔羅を熱い目で見つめる。

「千代、四つん這いだ。うしろから、入れてやる」

まわりに聞こえるように、そう命じる。

一瞬、まわりが静まり返った。千代がどう反応するのか、じっと見つめる。

千代が起きあがった。そして、寝所の前の地面に両手をつく。辰之伸に命じられるまま、四つん這いになった。

「千代が……望月千代が四つん這いになったぞっ」

「魔羅、欲しさに尻を差し出したぞっ」

「もっと、上げろっ」

辰之伸はぱしっと千代の尻たぼを張った。また、まわりが静まり返った。

恐るおそる千代を見つめる。

「なにをしているっ。尻を上げろっ」

辰之伸はさらに、ぱしぱしっと尻たぼを張った。すると、千代が、

「あんっ、やんっ」

と、甘いうめき声を洩らしたのだ。

「う、うそだろう……」

「よし、いいぞ」

尻たぼには、手形の痕がついている。それは痛々しいというより、艶めいて見えた。

辰之伸は尻たぼをつかむと、ぐっと開いた。そして反り返ったままの魔羅を小春の前で、堂々と千代に突き刺していく。

「あうっ」

千代の上体が反った。辰之伸は貫通したばかりの窮屈な穴をずぶずぶと突き刺していく。

「う、うう……うう……」

「おう、よい具合に締まるぞ、千代。わしの魔羅が好きか」

ぐぐっと突きつつ、辰之伸が聞く。返事がない。

「どうだっ、好きかっ」

奥まで貫き、ぱんぱんっと尻たぼを張る。

「あんっ、やんっ」

またも、千代が甘い声をあげる。どうやら、千代の白い躰には被虐の血が流れているようだ。見た目とまったく性癖が違っていたのだ。だから、誰ものにできなかったのだ。

強く出ればよかったのだ。魔羅で頰を張れば、目を潤ませ、従ったのだ。

「どうだっ、好きかっ」

「はい……辰之伸様の魔羅、千代、好きです……ああ、もっと激しく突いてください」

「よし、突いてやろう」

辰之伸は尻たぼに五本の指を食いこませ、みなの前でずどんずどんと千代の女陰をうしろから突いていく。

「あうっ、うんっ……もっとっ」

さらなる責めを千代がねだる。

「ほらっ、ほらっ、どうじゃっ、千代っ」

「ああっ、もっと……千代の女陰を壊してくださいっ」

辰之伸は渾身の力で突きつづける。

「あ、ああっ、あああああっ……」

千代がいきなり、歓喜の声をあげはじめた。強烈に魔羅を締めてくる。

「おうっ、出そうだっ」

「くださいっ。千代の女陰を、辰之伸様の精汁で……ああ、白く染めてくださいませっ」

と、望月千代が中出しをねだる。

辰之伸は千代をうしろ取りで突きつつ、小春を見た。

望月千代を魔羅一本で支配している辰之伸を、尊敬の眼差し(まなざし)で見つめている。

よしっ。このまま出すぞっ。

辰之伸は抜き差しに、さらに力を入れる。

「いい、いいっ、いいっ」

と、千代がさらによがり泣く。境内の向こうまで響きわたる。さらに参拝者が集まってきていた。

「おう、いくぞっ」

「くださいっ」

おうっ、と吠えて、辰之伸はみなの前で望月千代の中に向けて、精汁をぶちまけた。

「ひいっ……い、いく……いくいくっ」

と、千代は初体験で、精汁を子宮に受けて、気をやっていた。

完全に、辰之伸の魔羅に屈服していた。

どくどく、どくどくと凄まじい勢いで精汁が噴出する。空になったはずなのに、止め処なく精汁が出てくる。

「あう、うう……うう……」

千代の裸体がひくひく痙攣している。全身はあぶら汗まみれだ。

千代の裸体から、なんとも言えない体臭が放たれ、まわりを囲む参拝者たちが腰をくねらせはじめる。もちろん、男たちはみな、勃起させていた。中には噴射している者もいた。

ようやく噴射が鎮まった。魔羅が千代の女陰から押し出される。

すると千代が、すぐさま裸体の向きを変えた。精汁まみれの魔羅にしゃぶりつき、吸いはじめたのだ。

「ああ、千代……なんておなごだ……」

「牝だな、牝」

どうしてこんな好き者の牝を崇拝していたのだろう、と参拝者たちは思った。

千代はまわりのそんな目などまったく気にすることなく、辰之伸の魔羅をしゃぶりつづけた。

四

辰之伸は御側御用取次の加納久通の屋敷にいた。

「よくやった、高畠」

上座の加納がそう言った。

「はっ」

辰之伸は平伏している。

「上様もたいそう、お喜びである」

「ありがたき幸せにございます」

辰之伸がみなの前で望月千代をいかせたあと、その夜には神社から巫女たちの姿が消えていた。玄妙神社だけではなく、江戸市中のすべての神社から歩き巫女が消えていた。

「尾張の宗春にひと泡吹かせたと、上様はたいそうご機嫌であられる」

「ありがたき幸せ」

「それで、上様がなにか褒美をくださるそうだ。なにか欲しいものはあるか、高畠」

辰之伸はしばし考え、

「小春を武士の娘にしてくださるよう、おねがいします」

と言った。

「いらっしゃいっ」

暖簾を潜ると、小春の笑顔が待っていた。小春は飯屋に復帰していた。

やはり、飯屋の中で見る小春の笑顔がいちばんである。

「あら、なにか楽しいことでもあったのですか、辰之伸様」

小春の顔を見て、自然とにやけていたのだろう。小春はすぐに気がついた。

「あったぞっ、小春」

「なんですか」

と、小春が澄んだ瞳でのぞきこんでくる。

「おまえの養子の話が決まったぞっ」

「えっ、真（まこと）ですかっ」

「真だっ」

「ひゃあっ」

と、小春が素（す）っ頓狂（とんきょう）な声をあげて、その場に崩れた。

「小春っ」

辰之伸はあわててしゃがみ、小春の肩を抱いた。小春は白目を剝いていた。軽く頬をたたくと、目を開いた。

「つねってください」

「えっ」

「小春の頬をつねってください」

言われるまま、小春の頬を摘（つ）まむ。とてもやわらかな頬だ。それをひねっていく。

「うう、痛いっ」

と言いながら、小春も手を出し、辰之伸の頬を摘まむと、つねってきた。

「うう、痛いぞっ」

上様から養子の話が降りてきて、藩主である寺社奉行の立浪政紀が小春を養子に取ると言ってきたが、あまりに大げさになると、江戸留守居役が養子に取ることになった。

「小春、辰之伸様のお嫁さんになれるのですね」

「そうだ」

「夢みたいです」

「よかったな、小春さんっ」

と、常連の客たちから、祝福の喝采(かっさい)が起こった。

その夜──辰之伸と小春は玄妙神社の拝殿にいた。

千代たちが消えて、無人の神社となっている。

千代の前で、はじめて結ばれた拝殿で、辰之伸と小春は裸になっていた。ご神体の前で、あらためて肉の契りを、夫婦（めおと）になる契りを結ぶことにしたのだ。

「小春」

「辰之伸様」

　ふたりは見つめ合い、どちらからともなく口を寄せていく。ご神体の前で口を重ね、舌をからめ合う。

　もちろん、辰之伸の魔羅は天を衝いていた。それを小春がつかみ、しごきはじめる。

「ああ、これからは、小春のためだけに大きくさせてくださいね」

「当たり前だ。小春以外には入れぬと、ご神体の前で誓おうぞ」

「ああ、あたいも、辰之伸様の魔羅以外は女陰に入れません、と誓います」

　そう言うと、また唇を重ね、舌をからめ合う。

「もう、欲しくなりました。入れてください、辰之伸様」

　そう言うと、小春がその場に仰向（あおむ）けになった。両膝を立てて、開く。

　辰之伸は両足の間に腰を落とすと、反り返った魔羅の先端を剝き出しの割れ目に向けていく。

「一生、幸せにするからな、小春」

そう言うと、ご神体の前でずぶりと突き刺していった。

「ああっ、辰之伸様っ」

小春の女陰は燃えるようであった。口吸いをしただけで、どろどろにぬかるんでいた。

同じ頃、尾張藩の上屋敷の藩主の寝間では、

「ああ、いい、いいっ」

千代の声が響いていた。

が、千代は宗春と繋がっているわけではなかった。

自ら張形を手にして、宗春の前でずぶずぶと突いていた。

宗春は華絵と莉奈に魔羅をしゃぶらせ、千代の手慰みを見ていた。魔羅は半勃ちであった。

「どうした、千代。そのような手慰みでは魔羅は勃たんぞ」

「申し訳、ありません……」

千代は両膝を立てた状態で、張形が割れ目を前後する恥態をさらしていたが、宗春は退屈そうにしていた。

千代は四つん這いの形を取り、尻を宗春に向かってさしあげた。

そして、うしろから張形をずぶずぶと前後させる。

「あっ、ああ……ああっ」

千代は高畠辰之伸の魔羅で生娘の花を散らされてから神通力がなくなり、宗春のもとで飼われていた。

まさに牝扱いで、着るものは与えられず、上屋敷でひとり、一糸まとわぬ姿で過ごしていた。

宗春は上屋敷の中で、どこでも千代を引き連れていた。歩くことはゆるされず、常に四つん這いで這って、宗春のあとに従っていた。

それゆえ上屋敷の住人は、家臣も用人も手伝いの者もみな、素っ裸の千代を目にしていた。

「あ、ああっ、いい、いいっ」

千代は掲げた尻をうねらせ、よがり泣きつづける。

宗春が立ちあがった。千代の背後にしゃがむと、ぱんぱんっと尻たぼを張る。

「あうっ、あんっ」

張られるたびに、千代は甘い声をあげる。白い尻に、瞬く間に、宗春の手形が浮かぶ。

「わしに恥をかかせて、よく生きていられるな、千代」

「申し訳ございませんっ」

「千代田の城で、吉宗が高笑いをしているそうだ。高笑いが止まらぬらしい」

さらにぱんぱんと尻たぼを張っていく。

「申し訳ございませんっ」

宗春が張形を手にした。ずぶずぶと女陰を責めていく。

「いい、いいっ……」

大量の蜜を散らしながら、千代がよがり泣く。

「どうしてくれる」

宗春が張形を引き抜いた。どろどろになっている。

宗春の魔羅はいつの間にか、天を衝いていた。

それを見て、ほう、とうなる。

「どうしてくれる、千代っ」

と問いつつ、うしろ取りでずぶりと突き刺す。

「ひいっ」

千代は一撃で気をやった。四つん這いの裸体をがくがくと痙攣させる。

「どうしてくれるっ、千代っ。わしに恥をかかせた罪を、どう償うっ」

と問いつつ、さらにずぶずぶと責めていく。

「いく、いくいくっ……」

千代は続けて気をやる。瞬く間にあぶら汗が噴き出し、宗春の脳天を刺激する得も言えぬ体臭が立ち昇る。

千代は牝として辱めれば辱めるほど、おなごとしての魅力が増した。なにより、匂いがたまらなかった。日ノ本にあるどんな匂い袋より、牡の股間を直撃する体臭であった。

生娘の花を散らされ、巫女としての神通力はなくなったが、代わって、牝として男を狂わせる匂いを放つようになっていた。

「自分ばかり気をやってどうする、千代」

と言いながら、宗春は突きつづける。匂いも極上だが、なにより女陰の締めつけがこの世のものではなかった。

この締めつけを知っているのは、この世で高畠辰之伸と尾張の宗春だけだ。

一度入れると、抜きたくなくなる。

　望月千代がしくじったと知ったとき、宗春は千代を捨てる気でいた。生娘の花を失った千代など、なんの価値もないと思ったからだ。

が、暇つぶしに手慰みをさせると、股間を直撃する匂いを放ち、それに誘われ、女陰に突っこんで、宗春は驚愕した。

「ほら、もっと締めろ。そんながばがばの女陰では、なにも感じぬぞっ」

万力のように締められていたが、宗春はそう叱責して、ぱんぱんっと尻たぼを張る。

「捨てないでくださいませっ。ああ、こうですかっ」

千代の女陰は叱責されると、さらに締まる。

宗春は肛門に力を入れて、突きつづける。千代の女陰も極上であるが、宗春の魔羅も鋼鉄であった。

「どうするのだっ、千代っ。どうやって、罪を償うっ」

「私の匂いで吉宗を虜にして、この女陰で吉宗の魔羅を食いちぎってみせます」

と、千代が答える。

「ほう、吉宗を色香で虜にするというのか」

「はいっ」

「吉宗は大奥の奥女中を減らすような野暮な男であるぞ」

「ああ、だからこそっ、私の匂いに落ちるはずです。千代に汚名をすすぐ機会をくださいませっ」

「どうするかのう」

宗春は思案するふりをして、さらに突いていった。

「ああっ、いく、いくっ」

またも、千代がいまわの声をあげた。

「ああ、お殿様も、ああ、いってくださいませ」

と言って、千代がさらに締めあげてくる。宗春は顔面を真っ赤にしつつ、耐えていた。


同じ頃、玄妙神社の拝殿でも。

「いく、いくっ」

と、いまわの声を小春があげていた。

辰之伸は宗春同様、小春をうしろ取りで突いていた。どうしてなのか、うしろ取りで突きたくなったのだ。

「おう、そんなに締めるな」

「だってっ……ああ、辰之伸様もいっしょに……いってくださいっ」

小春が首をねじり、こちらを見つめている。

妖艶(ようえん)な眼差しに、辰之伸は暴発させる。

「おう、おうっ」

「いく、いくっ」

辰之伸の雄叫びと、小春のいまわの声が、拝殿に響きわたった。

コスミック・時代文庫

歩き巫女 尾張の陰謀

2023年8月25日　初版発行

【著 者】
八神淳一

【発行者】
佐藤広野

【発 行】
株式会社コスミック出版
〒154-0002 東京都世田谷区下馬 6-15-4
代表　TEL.03(5432)7081
営業　TEL.03(5432)7084
　　　FAX.03(5432)7088
編集　TEL.03(5432)7086
　　　FAX.03(5432)7090

【ホームページ】
https://www.cosmicpub.com/

【振替口座】
00110 - 8 - 611382

【印刷／製本】
中央精版印刷株式会社

乱丁・落丁本は、小社へ直接お送り下さい。郵送料小社負担にてお取り替え致します。定価はカバーに表示してあります。

ISBN978-4-7747-6492-4 C0193